Un Día Como Nunca

Carlos Riveros

Un Día Como Nunca

ISBN-13: 979-8-218-87830-6

Diseño de la portada donada por: Beatriz Gómez de Riveros Impreso en los Estados Unidos de América

Epígrafe

"*Cuando las decisiones se toman solo con el corazón, tarde o temprano el sentido común reclamará la razón*"

Carlos Riveros, M.D.

Contents

El día de los hechos, febrero 24, 2004

Esa mañana, sin saber los trágicos desenlaces que le esperaban esa misma noche, Lorena se levantó después de las 9:00 a.m. Por alguna razón no se sentía culpable por ello, y tal vez tendría que ver con el hecho de que ese sábado de finales de febrero de 2004, no tenía planes diferentes que probarse algunos trajes de baño que su amiga Georgina vendía para hacer algunos pesos extra.

Georgina pensaba que ella podría ser la clienta perfecta para cualquier producto que eligiera vender y, de hecho, como esposa del dueño de una exitosa cadena de restaurantes de la ciudad, podía tener acceso a comodidades que ciertamente distaban de hacerla feliz.

Dos meses atrás, su esposo Raúl había decidido pasar un tiempo fuera del apartamento por decisión propia.

Ese día, Lorena abrió los ojos sin afán y por momentos fugaces se dejaba sumergir en un letargo que se hacía cada vez más superficial hasta sentirse capaz de separar las sábanas impecablemente blancas que le ataban a ese colchón que un año antes, y con motivo de la celebración de 14 años de matrimonio, su esposo importó desde los Estados Unidos.

No era poco usual que él hiciera este tipo de regalos, creo que sentía que esto la hacía feliz. Lorena siempre los criticó porque se le antojaban exagerados y presuntuosos.

Como cada levantada, dejaba salir por fuera de los márgenes de la cama el pie derecho antes que el izquierdo, tal vez siguiendo, aunque sin fe, los dichos famosos de la abuela que anunciaban que...

"Quien se levanta con el pie derecho, hace de su día un feliz hecho".

Eran tiempos de una esclavitud no anunciada, donde las empleadas del servicio llevaban a su cama y sobre una bandeja de plata adornada con un delgado mantel de tela tejido a mano, una taza de café que todavía dejaba sentir el aroma de "recién hecho".

Al recibirlo, como cada mañana, Emilia, la empleada, guardaba silencio en espera de las instrucciones del día. Era una rutina curiosa considerando que siempre se repetía la misma, incluyendo el aseo impecable de los baños, arreglar a Raúl Jr. y Daniel, sus hijos de 11 y 7 años para ese entonces, el menú del día para el almuerzo, entre otros. Ese día su cuerpo se negaba a levantarse de esa cama, aunque se sentó en el borde, donde inmediatamente encontró la excusa perfecta para quedarse unos minutos en esa posición...

El periódico.

Lo vio en su mesa de noche doblado perfectamente y ocupando un pequeño espacio entre las velas de olor y una virgen de cerámica que su madre le regaló recientemente para protegerla de "algo", aunque nunca precisaba que pudiera ser eso.

Lorena nunca había notado que jamás ella, pero tampoco su esposo, leían el periódico que, a diario, puntualmente llegaba por una suscripción mensual.

Por curiosidad lo abrió y pasó varias de sus hojas que manchaban sus manos de una tinta que no sentía agradable, tal vez por eso se negaba a leerlo.

Casi sin pensarlo se encontró en la sección que mostraba el horóscopo de la fecha y, aunque nunca dio credibilidad a este tipo de publicaciones, ese día en particular posó su vista en Virgo.

"Hoy será un día que le traerá sorpresas, probablemente no muy agradables", resaltó entre otras cosas que reposaban como letras articuladas.

No sabía ni siquiera por qué esto llamó tanto su atención, en realidad, aun teniéndolo en sus manos, no recordaba si había leído algo más de ese diario.

Después de un corto tiempo, se levantó iniciando un camino que en especial, este día se le hacía largo hacia el baño, haciendo una pausa frente al espejo por pocos, pero interminables segundos, miró fijamente su cara y la lavó con un poco de agua y un jabón facial que había comprado para evitar la piel seca.

Al terminar de lavar su cara y dientes, volvió a mirarse, pero esta vez no fue igual... Vio en ese espejo la cara de alguien que no era ella misma, o por lo menos no quería serlo.

Era la expresión de una mujer que no sentía la alegría de estar en el lugar en que estaba. Una cara joven y sin arrugas, pero a la vez cansada y sin brillo.

-*"¿Por qué leí ese horóscopo, si yo nunca lo hago?"*, se preguntó en silencio.

Miró otra vez la expresión de su cara, pero esta vez lo hizo a través de un espejo portátil redondo, que magnificaba la imagen y servía para ver pequeños detalles. No cambiaba lo que estaba viendo. En ese instante, sintió un soplo de viento frío que recorrió su piel.

-"No debí leer el horóscopo", pensó, "eso es cosa de brujos".

Salió presurosa del baño a revisar que sus hijos estuvieran bien. No sabía por qué, especialmente ese día, sentía que estarían en peligro si no los veía con sus propios ojos. Hizo una pausa en su caminar y pensó....

-"¿Por qué estoy sintiendo esto, a qué le temo?".

A pesar de que sabía exactamente lo que le atemorizaba durante los últimos dos meses, en que Raúl había estado ausente, su mente se alejaba presurosa de esa idea.

Sentía que ese temor aparecía como una sombra densa y oscura que ella lograba, cada vez con más dificultad ahuyentar, con la seguridad de que volvería en cualquier momento.

Cada vez le pasaba, como cuando una persona, después de un episodio de convulsión, entra en un estado que se describe en medicina como "Post-Ictal", dejando una sensación desagradable que mejora en pocos minutos, pero es tal vez lo único que queda en la conciencia y, por lo tanto, lo único que se logra recordar después de una convulsión.

Así mismo, cada vez que esa sombra negra se desvanecía con toda su estela de carga negativa, quedaba en ella ese sabor amargo que nunca desaparecía completamente de su mente.

Hizo un movimiento en su cabeza como si sacudiera los pensamientos; eso le devolvió cierta tranquilidad momentánea. Tal vez la tranquilizaba un poco el hecho de que dos meses antes su esposo se había mudado temporalmente fuera de ese apartamento y era el mismo tiempo que tendría sin verlo.

Al entrar al cuarto de sus hijos, no le sorprendió para nada que hubiera una tienda de campaña diseñada con las sábanas y cobijas que servían de resguardo para defenderse de los extraterrestres que para esa época era el tema de sus juegos.

Hizo una pausa para ver su juego lleno de fantasía e imaginación. Raúl Jr., quien heredó el nombre de su padre, y Daniel, tenían una forma de interactuar que en su poca experiencia era típica en la que Daniel, el menor, veía como un héroe a su hermano mayor, lo seguía con su vista e imitaba casi sin perder detalle cada movimiento, pero definitivamente el uno dependía del otro para que el juego fuera completo.

Mientras los observaba, pensó que habían venido al mundo para ser el uno complemento del otro.

-*"¡En las buenas y en las malas!"*, pensó.

Los saludó y los tomó de las manos para llevarlos a desayunar, no sin antes desprender unas pequeñas señas de secreción de los ojos que en la región se conocían como lagañas, cosa que ellos odiaban que les hiciera cada mañana.

-*"Mamá, no dañes nuestra tienda de campaña"*, dijo Raúl Jr. con inocencia, mientras caminaba tomado de su mano hacia el comedor situado junto a la cocina.

- *"Sí viniera un extraterrestre a matarnos, te metes dentro y quedan bloqueados por el espectro electromagnético, yo te abro la ventana de nuestra tienda para salvarte a ti también mamá"*, siguió diciendo.

A Lorena le pareció un comentario gracioso y le preguntó...

- *"¿Y Emilia también cabe?"*.

-*"Sí mami, pero nadie más"*, le dijo.

Sus pequeños pero expresivos ojos buscaban los de su madre como si quisieran anunciarle algo que quería salir de su corazón, como si presintiera.......

Lorena se sorprendió un poco porque en su mente, Raúl Jr. no pensó en proteger de los "extraterrestres" a su padre.

-*"Probablemente no se le ocurrió"*, pensó en silencio.

Al volver al cuarto de los niños, esta vez sola, mientras ellos eran atendidos por Emilia para recibir su desayuno, encontró algo que le causó impresión, como si un escalofrío se estuviera filtrando por cada poro de su piel lentamente, sin pausa, empezando por los dedos de las manos y avanzando hasta llegar a su cuello...

Se sentía poseída por algo que no podía explicar.

Era un trozo de papel que evidentemente había sido cortado de un jalón y en colores negro y rojo que mostraba la figura de un hombre con casco que no dejaba ver su cara, intuyó que se trataba de un dibujo de Raúl Jr., quien, a sus escasos once años, ya hacía dibujos que en muchos casos expresaban algunas de sus experiencias y situaciones.

Buscó presurosamente la segunda parte de ese papel, probablemente porque ya antes había usado sus dibujos para entender estados de alejamiento, tristeza o alegría sin verbalizarlo.

Al levantar la almohada que se encontraba a medio salir de su "tienda de campaña", encontró la segunda parte de su dibujo.

A primer vistazo le pareció bastante casual, un "Marciano", de figura humanoide, pero parecía tener un objeto en la mano que, aunque poco reconocible, podría tratarse de un cuchillo.

Pero lo que definitivamente llamó más su atención era algo que sugería un tatuaje en el brazo derecho. Mientras lo miraba, tratando de entender el significado de ese dibujo, sintió que la llamaban desde la entrada de su apartamento.

Era la voz de Georgina...

-"Lorena, ¡Lorena!, te dejo con la empleada los trajes de baño para que te los pruebes, el amarillo te va a quedar divinooooo. Después cuadramos cuentas".

Desde el cuarto de sus hijos, y con la intención de que no interrumpieran ese momento que le aterrorizaba sin saber por qué, Lorena le pidió que se los dejara con Emilia y la llamaría más tarde.

Volvió a fijar su vista en ese dibujo.

-¿Por qué leí el horóscopo hoy?, pensó otra vez....

Estuvo ahí un rato casi con su mente en blanco, hasta que le interrumpió Emilia con los trajes de baño en la mano.

-"Niña Lorena, ¡aquí le dejó su amiga!", dijo presurosa, como era usual en ella.

Le entregó los trajes y volvió a seguir en la labor titánica de hacer que los niños comieran todo lo servido.

Lorena hizo un gesto para deshacerse otra vez de esas ideas casi oscuras que por alguna razón rondaban su mente ese día. Llevó los trajes de baño a su cuarto para apreciarlos con calma. Sentía que eso borraría su sensación de intranquilidad.

- "De pronto comprar algo me quita esta bobería", pensó en voz muy baja como hablando para sí misma.

Su cuarto, situado en el piso 14 de un lujoso edificio con vistas al océano Atlántico, estaba decorado con todo lo que pudiera envidiar una mujer, grandes ventanales daban una sensación de espacio que al asomarse revelaban la más espectacular vista que solo ofrece la ciudad de Santa Marta, en Colombia.

Un mar inmenso y verde azuloso que se rendía ante sus playas con cada ola que besaba esa arena grisácea. Cortinas de color crema y blanco impecable, se entrelazaban en combinación perfecta para la vista y estaban diseñadas por pedido de su esposo que no ahorraba dinero cuando se trataba de colmar sus gustos en la casa. Se sentó en un sillón amplio y cómodo que reposaba en un costado de ese cuarto.

Ella misma en ese momento no sabía lo que realmente pasaba por su mente. Definitivamente no estaba tranquila. Trataba de poner orden en sus pensamientos.

- "¿Por qué leí el horóscopo?", se volvió a preguntar......

Miró el grupo de trajes de baño sobre su cama y tomó el amarillo, tenía unas pequeñas líneas azules que le daban un cierto toque elegante sin ser llamativo. Ella sabía que su cuerpo, aunque de baja estatura, era esbelto, con buenas curvas y de piernas firmes que dejaban ver de forma sutil pero atractiva sus músculos, así como su abdomen.

Mientras se desvestía, miraba su piel desnuda, en ese momento sin marcas de golpes que ella escondía eficientemente. Sin proponérselo, se había convertido en una estrella del maquillaje para ocultar golpes y hematomas que para ese entonces a su corta edad y casada, o como algunos decían, *"juntada"* desde los escasos 16 años, no eran más que *"accidentes"* o *"incidentes"* sin importancia y casi todos iniciados por *"mi culpa"*.

Ese día en particular, después de dos meses de ausencia de Raúl, sentía un cierto alivio de no encontrar ninguna marca en su piel, porque si fuera así, tendría que enfrentar los cuestionamientos de Vanessa, casi hermana de espíritu, que era su confidente y amiga, pero nunca logró su confesión temprana acerca de este punto en particular, tal vez Vanessa nunca la necesitó.

El traje de baño encajaba perfecto en su cadera y pelvis, dejaba ver sus curvas de forma sensual pero sobria, la parte superior cubría bien sus senos sin dejar sugerencias a la vista y permitía lucir sus piernas perfectas y de musculatura firme.

A Lorena le gustaba porque a pesar de su discreto y nada arrogante toque de coquetería femenina solo mostrado ante el espejo, distaba de querer exponer públicamente esos atributos que su marido elogiaba abiertamente...

Pero solo en otras mujeres.

Posó ensimismada frente al gigantesco espejo de su baño, que cubría casi en su totalidad esa pared.

Pensaba tal vez que, aunque en ese momento no sentía un especial impulso por verse hermosa ante nadie, soñaba con sentir eso que toda mujer siente como forma de alimentar la autoestima y que aún hoy, después de muchos años, le cuesta mucho. Pasaron varios minutos antes de sentir algo extraño que otra vez recorría su piel... una especie de escalofrío que se paseaba por cada parte de su cuerpo. Esto superaba su capacidad para guardar la calma.

Lorena no lograba recordar exactamente desde cuándo empezó a identificar esta sensación, de alguna forma presentía que tenía relación con Raúl, su esposo, pero cada vez que lo pensaba, su mente creaba una muralla de defensa en contra de todo lo que apuntara contra él, como si el solo pensarlo le hiciera sentir temor y la sensación de que recibiría castigo solo por hacerlo.

Iniciaba con una especie de "*vacío*" en la parte superior de su abdomen, progresando con hormigueo incesante en los brazos y piernas... su mente se nublaba al igual que su vista.

Tal vez la única oportunidad de reconocer la amenaza que para ella representaba su esposo la tuvo después de visitar muchos médicos que insistían en que ella gozaba de buena salud y los miles de exámenes de laboratorio realizados una y otra vez resultaban contundentemente normales, lo que derivó en una remisión a un especialista en psiquiatría.

Habían pasado dos semanas de no saber nada de Raúl desde que se fue "temporalmente" a casa de su madre por sugerencia propia a raíz del último evento de golpes que se unían a los frecuentes episodios de maltrato, excesos de alcohol y otros hechos y, aunque ello producía una sensación de descanso en ella, no dejaba de inquietarle, no solo la posible reaparición, sino la forma de reaparecer.

Simplemente sentía temor.

Ese temor se convirtió en terror cuando sintió el sonido del teléfono, parecía que ella supiera que era él, que lo intuyera. El incesante "*ringring-ring*" la hacía temblar.

-"*¡Alguien conteste el teléfono!*", dijo en voz alta.

Ella deseaba que de pronto pudiera ser otra persona quien llamaba, pero no quería ser ella quien lo averiguara.

Emilia corrió presurosa y levantó el teléfono,

-*"Aló"*, dijo algo agitada.

Se quedó callada unos segundos como oyendo con atención lo que su interlocutor decía.

-*"No"*, respondió a alguna pregunta que recibió y siguió oyendo atenta,

-*"Claro señor"*, dijo como asustada.

Colgó el teléfono y caminó presurosa para encontrar a Lorena en su cuarto.

-*"Doña Lorena, el señor Raúl llamó, dice que quiere venir a ver a sus hijos esta noche"*.

Por un momento quedó en silencio, pero Lorena entendió que le faltó revelar algo de esa conversación. Con un gesto de Lorena que la invitaba a seguir hablando, Emilia continuó...

-*"Preguntó si usted había estado saliendo de la casa"*, después de una pausa siguió diciendo, *"le dije que no"*.

Lorena tuvo que volver a hacer un gesto para impulsarla a seguir hablando.

-*"Me dijo que no mintiera porque me podía ir mal, pero yo no dije nada"*, dijo Emilia con evidente sensación de temor en su rostro.

Lorena bajó la vista, no sabía si buscaba esconder el temor que eso le producía o quizá solo ocultar a Emilia la vergüenza de la situación.

Ninguna de las dos funcionaba, Emilia conocía muy bien la situación, y a ella misma le producía temor.

A partir de ese momento guardaron silencio, evitaron el tema, pero cada vez que se encontraban sus miradas, se sentía como quien espera el momento de una inevitable explosión.

Además, Emilia compartía con sus colegas del edificio las historias que ya eran parte de los comentarios de otras residentes, lo que se conocía como "el chisme del edificio".

Nadie en ese apartamento, más aún en ese edificio, ni siquiera en la tradicionalmente tranquila ciudad de Santa Marta, se podría imaginar lo que pasaría esa noche en ese apartamento.

"No debí leer ese horóscopo", pensó Lorena.

{ **2** }

Dos meses antes del día de los hechos

E ran las 09:45 a.m., dos meses antes del día de los hechos, cuando Raúl llegó, después de haber salido del apartamento la noche anterior, se sentía visiblemente alterado por efectos del alcohol y posiblemente drogas, pero a su vez llevaba en su cuerpo el olor ineludible y penetrante del perfume de una o varias mujeres.

Ella salió a su encuentro, aunque esta vez, a diferencia de otros días, no hizo reclamos ni preguntas, ni siquiera hizo expresiones faciales de reprobación por algo a lo que ya estaba acostumbrada, y peor aún...

Sentía temor de lo que ya conocía... mucho temor.

Lo miró de reojo y siguió su camino hacia la cocina a servirle un vaso de agua con bicarbonato, que, por información heredada de su abuela, lograría una rápida mejoría de sus síntomas derivados del exceso.

En su angustioso pero lento camino hacia la cocina, su mente se alistaba para lo que sabía que llegaría, pero tenía la esperanza de evitarlo... al menos una vez.

Pero no...

A pesar de tener los oídos alerta para detectar sus movimientos, no pudo predecir el rápido avance de él hacia ella, solo lo supo cuando sintió un doloroso jalón de su cabello desde atrás que la hizo caer en el suelo sobre su espalda.

En su caída, golpeó una silla a su lado contra sus costillas causando un dolor intenso que no podía soportar. Una vez en el suelo, en menos de un segundo ya Raúl se encontraba sentado encima de su cuerpo con la mano rodeando su cuello que poco a poco lo apretaba amenazante.

-"Conozco esa mirada, solo lo haces para joderme Lorena", le decía.

Durante varios minutos, que parecían horas, Lorena recibía golpes en su cara y su tórax sin parar, ella sentía que perdería la conciencia, o quizá lo prefería así.

No sabía si era peor el dolor de sus costillas o el de su cara. Pero sabía que ninguno podía ser peor que el dolor de su espíritu.

Aunque hacía tímidos intentos de dar vuelta a su rostro para evitar los golpes, sus brazos estaban atrapados en las rodillas de Raúl, no tenía escapatoria, los golpes llegaban secos, sin posibilidad de amortiguarlos. Su vista se hacía borrosa y por momentos sentía que perdería la conciencia.

A pesar de su instinto de protegerse, se dio cuenta de que no tenía la fuerza ni la posibilidad de hacerlo... Relajó su cuerpo... lo dejó a merced de ese monstruo que doblegaba su capacidad.

-*"Dios mío, no o dejes que mis hijos vean esto"*, pensó en silencio mientras soportaba el dolor intenso de cada golpe.

Súbitamente, algo hizo que él, en un momento de claridad mental, detuviera la golpiza. De pronto todo quedó en silencio, un silencio que ofrecía alivio para ella, que seguía atrapada... esperando nuevamente los golpes.

Sintió que él cambió de posición sobre ella y se reacomodó, el olor penetrante se confundía con el sudor y el aliento que ya para ese momento causaba rechazo, desprecio profundo, que no podía siquiera pensar sin temor de ser golpeada por ello también.

Todo seguía en silencio, oscuro, pasaban los segundos sin que ella supiera qué ocurría, aunque ya sus manos habían sido liberadas, ella no se atrevía a moverse... Prefería quedarse inmóvil.

-"Perdóname mi vida, tú sabes que yo te amo, esto lo hago por amor, no puedo vivir sin ti".

Lorena limpió con sus manos el sudor y probablemente sangre que producía una visión borrosa para entender lo que pasaba, abrió a medias, tímidamente, sus ojos. Casi sin hacer pausa, y con un cambio en su cara que la intimidó profundamente, con ceño fruncido y facies medianamente inexpresiva, dejó salir una tímida sonrisa casi sardónica.

Ella lo miraba de reojo, nunca directamente, impotente, inmóvil. Como esperando una segunda estampida...

-"Tú sabes que de todas formas si no eres para mí, no serás para nadie", dijo él.

En ese momento Lorena estaba en el suelo, esperando otro golpe, no lo miraba, porque sabía que mirarlo era como retarlo. Sin embargo, de forma extraña, él se levantó pausado, se dirigió a la nevera y envolvió en un trapo unos cuantos cubos de hielo.

Se acercó lentamente a ella y acarició su pelo, con la mano derecha tomó su mentón para dirigir su cara y su mirada hacia él. Después de unos segundos, él se agachó quedando al mismo nivel de ella, miró su cara con evidencia de los golpes que apenas empezaban a inflamar su mejilla.

Ella no sentía ganas de llorar, tal vez porque ya se había acostumbrado a vivir ese momento o tal vez porque además sentía algo de culpa por...

-*"Llevarlo al extremo del enojo"*, como él le decía.

Él puso el hielo en su mejilla mientras acariciaba su pelo con la otra mano. Ella no podía soportar el intenso olor a perfume femenino barato que impregnaba su ropa, simplemente sentía que la asfixiaba.

-*"Solo te golpeé con la mano abierta, porque no me gusta hacerte daño mi vida"*, seguía diciendo.

Ya sabía, por la experiencia vivida tantas veces que debía ser cuidadosa con los siguientes movimientos, y por primera vez, en vez de defenderse como estaba acostumbrada a hacer desde muy niña cuando sus dos hermanos varones le robaban un juguete y su padre le decía...

-"No llore mija, defiéndase".

En esta oportunidad decidió cambiar su táctica... dejó caer una lágrima y fingió llorar. El efecto que causó con eso ciertamente no era esperado por ella. La expresión de Raúl se relajó, sus manos se veían sueltas y perdieron su agresividad justo en ese momento. Él sintió que debía consolarla...

-"Mi amor, perdóname, tú sabes que no debes contrariarme, sabes como soy yo, pero lo hago por amor, tú lo sabes... ¿verdad?"

Ella asentía con su cabeza, pero no era capaz de decir nada, simplemente la voz no lograba sobrepasar sus cuerdas vocales, sentía la impotencia de quien no tiene salida, no tiene ayuda y no tiene alientos.

En ese momento en que la escena mostraba un león vigilando a su presa después de una desigual batalla, al mirar por encima del hombro de Raúl, logró ver como su hijo Raúl Jr., estaba asomado desde la puerta de su cuarto. Su mirada era de terror, tal vez no comprendía lo que sucedía, tal vez sentía la impotencia de no poder defender a su madre, tal vez....

-"*¿Cuánto habrá visto por Dios?*", pensó Lorena en silencio.

Su mente solo podía pensar en su hijo, sabía que debía guardar silencio para no extender ese momento y por ningún motivo empeorarlo.

Finalmente, Raúl probablemente pensando en la situación, o movido por la mirada inocentemente inquisitiva de su hijo, tomó la decisión de salir de ese apartamento.

-"*Estuve pensando... creo que voy a estar unos días donde mi madre, y después vuelvo para que hagamos terapia de pareja, creo que la necesitamos los dos, pero más tú, porque no has aprendido a no hacerme enojar*", dijo Raúl en forma de chiste.

Sus pasos eran lentos, como sin rumbo, se llevaba las manos a la cabeza como quien necesita un tiempo para pensar, quizá en parte enlentecidos por el efecto de la marihuana y el alcohol.

A medida que se alejaba, también se alejaba el intenso y desagradable olor de la mezcla de perfume barato, sudor y humo.

Ella forzaba con su mente cada paso para que no se arrepintiera, que saliera rápido, sin más retraso...

Sin excusas.

Ella permaneció inmóvil, intentaba evitar siquiera el sonido del paso del aire por su nariz con la respiración mezclada con gotas de sangre que caían surcando la comisura labial hasta finalmente reposar en su pijama.

Cada gota de sangre que caía parecía hacerla sentir un deseo intenso de no existir, de evitar el dolor.

Raúl parecía tomarse su tiempo antes de salir de ese apartamento, entró a la habitación y tomó algo de ropa en un morral, parecía saber el efecto de su presencia en Lorena, y lo disfrutaba. Se dirigió a la cocina y lentamente abrió el refrigerador, tomó una cerveza fría y caminó con ella sin destaparla, solo caminaba con la botella en la mano como marcando territorio, como recordándole a ella que, aunque estuviera fuera, él siempre sería el dueño.

Para Raúl era como una última *"ronda de inspección"* antes de salir. Después de varios minutos, Lorena se sentía exhausta, quería terminar con todo, pero pensaba en sus hijos y eso le daba tranquilidad para permanecer ahí, sin moverse...

Sin provocarlo.

Poco a poco, sin siquiera darse cuenta, Lorena se quedó dormida, profunda, inconsciente.

Al despertar, solo abrió los ojos, intentando no anunciar que estaba despierta, estaba oscuro, pero pudo darse cuenta de que él había puesto una cobija encima de ella.

Con la vista, sin moverse, miraba a su alrededor para constatar que no estaba presente, que el sufrimiento había cesado...

Al menos por ahora.

Hizo unos cuantos movimientos en medio del silencio sepulcral que dominaba esa sala, se movía como reacomodándose para lograr observar lo que pudiera estar detrás de ella. Lentamente dio vuelta a su cuerpo adolorido hasta confirmar que Raúl no estaba presente.

Así era... él ya no estaba en esa sala.

Se reincorporó lentamente, cada movimiento le causaba dolor, pero ese dolor ya era conocido, lo soportaba, sabía que pasaría en pocos días, pero había algo que nunca se aliviaría...

"El dolor profundo del espíritu".

Ya en pie, en medio de la soledad de esa sala sin luz, con restos lejanos de un olor penetrante a perfume de *"agáchate"* combinado con alcohol y marihuana, inició su marcha paso a paso hacia el cuarto de sus hijos, todavía tenía cierto temor de encontrarlo ahí, aunque era más una sensación vacía de la presencia no física, el tránsito por un territorio marcado que le causaba parálisis.

Raúl Jr. nunca había salido a buscar a su madre, de hecho, fue a su cama sin decir nada, solo silencio, mucho silencio.

Tal vez sentía que no podía ayudarla.

Lorena siempre pensó que su hijo se avergonzaba de ella por no defenderse; eso la llenaba de tristeza. Ella se paró en la puerta entreabierta del cuarto de sus hijos y logró constatar que se encontraban en sus camas... solos.

Raúl Jr., sin ella notarlo, tenía sus ojos abiertos, pero no decía nada... parecía dormido sin estarlo. Lorena, recostando su espalda en la pared, justo al lado de esa puerta, dejó bajar lentamente su cuerpo hasta quedar sentada en el suelo, como vigilando el sueño de sus hijos.

-*"¿Cuántas veces tuvieron que vivir este infierno?... probablemente no podría contarlas"*, pensó Lorena en silencio mientras veía a sus hijos en esa pequeña cama.

Era una vida entera desde que Raúl se convirtió en esa persona extraña, que no era lo que Lorena esperaba, no era lo que amaba, no era lo que le atrajo desde que lo conoció.

Pero... ¿Cuánto tiempo también pasó ella justificando calladamente este comportamiento?

Nunca tendrá respuestas para estas preguntas. Definitivamente lo más doloroso siempre sería pensar...

-*"¿Cuánto han visto mis hijos?.. ¿cuánto los afectará en sus vidas sin decir nada?"*, pensaba.

Primer día sin Raúl en casa

Al despertar esa mañana, se dio cuenta de que había pasado el resto de la noche y el amanecer sentada al lado de esa puerta. A pesar del dolor de su cuerpo, sentía el alivio de saber que Raúl no estaba en la casa, que no estaría al menos los próximos dos meses. Se levantó lentamente, la expresión de su cara hacía evidente el sufrimiento.

Caminó hacia su cuarto y cerró la puerta con seguro. Entró al baño y encendió la luz.

La imagen que veía en el amplio espejo lo decía todo. Su cabello enredado con sus propias fibras con pegostes de sangre seca que hacía que no cayera liso hacia abajo como usualmente se veía, la narina derecha mostraba costras de sangre seca, la cara, sin maquillaje, pálida por la mala noche y el malestar del dolor, dejaba ver sutiles áreas de hematomas en fase temprana en ambos pómulos y en la frente.

Abrió la pluma para dejar caer el agua tibia y humedecer sus manos para lavarse un poco su cara adolorida. Mientras lo hacía notó en su pijama una mancha de sangre que ya empezaba a tornarse oscura.

Se quitó su pijama dejando ver su piel desnuda. Varios moretones cubrían gran parte de sus senos y tórax.

Mientras intentaba disipar las costras de sangre seca con agua tibia, se miraba en ese espejo que ya para ese momento le dejaba saber que esa imagen que tenía enfrente no era nueva, que había visto lo mismo una y otra vez.

Ese espejo se volvió el confidente de los golpes, los maltratos y los abusos por parte de Raúl, su esposo.

-*"Guarda el secreto"*, se decía a sí misma en el espejo.

Se dio una ducha con agua tibia que dejaba correr por su cuerpo adolorido, como queriendo sumergirse en un mundo diferente, más amable, más justo.

-*"Yo era una joven hermosa... aún mi cuerpo se ve lindo, ¿por qué ese maltrato?... ¿por qué otras mujeres?... ¿qué me hace falta?"*, se preguntaba en silencio.

Sentía el calor aliviante del agua, pero más, el sonido refrescante de esa agua al chocar con el piso de la bañera.

Al cerrar la pluma, se envolvió en una toalla y enrolló otra en su pelo, sabía que no podía salir de ese baño sin maquillar sus golpes, que ya empezaban a notarse más.

En ese momento sentía, como nunca antes, la certeza de que no quería seguir el mismo patrón, a pesar del temor, esta vez estaba decidida a cambiar la situación.

-*"Yo no tengo la obligación de amar al hombre que me maltrata en mi casa"*, pensaba en silencio.

Volvía a mirarse al espejo como para asegurarse de que no había señales de los golpes. Si bien no se notaban a simple vista, ella sentía que eran muy evidentes y no paraba de dar algunos retoques al maquillaje para esconderlos.

Lo que no lograba esconder era lo que su alma sentía...

-*"Todo el amor que sentí en algún momento por Raúl ha desaparecido poco a poco"*, pensó.

Después de un silencio profundo mirándose al espejo... enfrentándose sola a ella misma pensó...

-"Pero ya no me siento culpable".

A partir de ese día, Lorena salía al balcón de su apartamento casi todas las tardes, como buscando tomar aire, como queriendo alejarse de espíritus que el interior de ese apartamento tenía.

Aunque no tenía intención de hacerlo, en ocasiones le asustaba la idea que pasaba por su mente de volar por ese balcón, de dejar ir su cuerpo para liberar su espíritu maltrecho, sentía la necesidad de abrir los brazos como alas, que le permitieran liberarse de su cárcel, pero rápidamente recordaba que sus hijos dependían solo de ella para vivir, que ella era la única ancla que los ataba al mundo real...

A la sensatez.

Cada vez que lo hacía, recordaba el mismo día en que se mudaron a él como familia.

Al asomarse a ese balcón, era inevitable evitar el sentimiento de libertad y gozo que le producía ver gran parte de la majestuosa ciudad de Santa Marta, por un lado, el centro histórico, testigo de miles de hechos, amores, desamores, ires y venires que son el recuerdo remoto y testigo de la muerte del libertador Simón Bolívar.

Las construcciones que datan de 1512, año en que fue fundada Santa Marta, le dan un aire imponente. La ciudad se percibía como un símbolo de la defensa de libertades, de protección, de seguridad...

Lo que ella necesitaba en ese momento.

Utilizó el telescopio de su hijo para ver un poco más en detalle los pocos balcones coloniales del centro de la ciudad, que se alcanzaban a divisar desde donde estaba, balcones llenos de color, con flores colgando de sus parales, y a lo lejos, en medio del mar, como invitando a soñar, el inconfundible morro, pequeña isla justo enfrente de la ciudad, que esconde secretos de amor en medio de olas bravías que anuncia la llegada a esa ciudad por mar.

Imaginaba a miles de personas caminando alegremente por sus calles angostas, muchos tomados de las manos como dejándose llevar por el romanticismo de la ciudad, soñando...

Extasiada por la belleza de la ciudad, dio un giro a su cabeza para ver justo enfrente el gran mar Caribe, bravío, fuerte, inclemente, indesafiable, pero llegando dócil, exhausto a la playa, que, aunque no tiene arena blanca como muchas en el mundo, tiene la magia que solo se encuentra en esa ciudad.

Pasaba largos ratos viendo cómo se formaban las olas que luego se deshacían en la playa, como tratando de encontrar una diferente, una que le explicara qué significaba su vida, y... ¿en qué había fallado?

-*"Si cada ola termina felizmente en la playa y se entrega dócil y alegremente a ella, ¿qué hace que mi ola y la de mis hijos no terminen felizmente como todas las demás?"*, pensó.

Por segundos sentía que su cuerpo levitaba en ese océano lleno de vida, abriéndose paso en un atardecer que opacaba cualquier intento de mostrar su belleza en postales, fotos, o cualquier descripción de intelectuales eruditos de la palabra como Jorge Enrique Elías Caro, que describe en su obra la ciudad en el transcurso de su historia, Luis Aurelio Vergara Diazgranados poeta samario que se inspiró en su mar y sus costas, Álvaro Miranda, prominente escritor nacido en Santa Marta, con orgullo de inspiración caribeña en sus letras, y hasta el escritor Gabriel García Márquez, siendo aún periodista, resaltó la impresión que le causó la ciudad en varios artículos destacando su belleza sencilla y elegante.

Ella parecía, por escasos minutos, volar libre por ese océano interminable de sensaciones que Santa Marta producía. Casi podía sentir el cansancio placentero de sus calles, la presencia silenciosa y relajante de la Catedral Basílica de Santa Marta, la más antigua del país.

La brisa fresca de la sierra nevada de Santa Marta no necesitaba llegar a su apartamento, porque tácitamente se convierte en el espíritu que abraza la ciudad entera cada atardecer.

-"toc-toc-toc", sintió golpetear en la puerta de vidrio.

Era el pequeño Raúl Jr., exigiendo su presencia, su atención, lo que la devolvía a un mundo al que quizá nunca quiso pertenecer, a no ser por sus hijos...

Su tesoro.

$$\{\,4\,\}$$

Visita al psiquiatra

Dos semanas después de que Raúl salió de su apartamento, ella se encontraba en la sala de espera de la oficina del Doctor Osorno, prestigioso psiquiatra de la ciudad, a quien muchas personas cercanas visitaban también.

Ella observaba con cierta incredulidad a personas que se encontraban alrededor y no lograba identificarse con ninguna. Sentada en ese sillón forrado de una imitación de cuero con terminados poco finos y taches de color dorado en sus bordes, tan cómodo como envejecido por el tiempo que dejaba ver un área que en poco tiempo seguramente sería un agujero.

Decidió no avisar de su visita al psiquiatra a Vanessa, para evitar que se enterara de lo que podría de pronto salir a flote, que incluía la causa de los hematomas en la cara y el tronco que ocasionalmente ella cuestionaba con cara de sospecha que su nariz refinada no dejaba esconder.

Justo a su lado, había un pequeño espacio que ocupó presurosamente una mujer joven, probablemente no llegaba a los treinta, que después de registrarse tímidamente se sentó sin dejar de ocultar dolor con cada movimiento. Traía la cabeza baja, como con miedo de ser identificada.

Lorena solía ser muy perceptiva con el dolor y sufrimiento humano y tal vez eso la llevó a cursar, muchos años después, su carrera como enfermera. Además, al verla a su lado, casi que se identificó con ella sin saberlo. Vio en su cara un área, que, aunque maquillada, dejaba ver restos de un gran hematoma ya con una coloración amarillento verdosa que indicaría que habría tenido un trauma varios días antes, probablemente cuatro a cinco días.

-*"¿Cómo te llamas?"*, le preguntó Lorena de una forma cariñosa con acento paisa.

No era inusual en Santa Marta lo que, en otras regiones de ese país como Bogotá, la capital, sería intromisión, preguntar a las personas desconocidas, su nombre y muchas cosas personales. La joven levantó un poco la vista hacia ella y después de pensarlo, como si estuviera tratando de inventar un nombre apropiado respondió...

-*"Elisa"*, volviendo a bajar la vista.

No permitió mayor elaboración de la conversación después de ese punto. Lorena entendió que estaba avergonzada, decidió seguir en silencio.

Pocos minutos después, el mismo Doctor Osorno, un hombre maduro en su profesión de psiquiatra, pero también muy sabio en cuestiones de la vida, salió a la puerta de su oficina y preguntó por Lorena.

Ella se levantó pensando que tal vez tampoco le hubiera gustado oír su nombre delante de tanta gente presente en esa sala de espera.......

-*"De un médico de locos"*, pensó.

Mientras caminaba en un espacio de escasos seis metros que para ella se hacían interminables, su mente cavilaba entre pensamientos que intentaba socavar, como si cualquiera que estuviera observando su caminar pudiera adivinar lo que la llevaba a ese lugar.

-*"¿Tendré que decirle la verdad de lo que me trae a este sitio al doctor, o mejor solo le digo que estoy pasando por un momento de ansiedad?"*, pensó mientras entraba por esa puerta un poco descolorida y pisoteada por el tiempo.

-*"¡Deberían hacerle algunos arreglos a esta oficina!"*, siguió pensando sin dejar que su mirada delatara lo que su mente decía.

El doctor Osorno, una persona de extremos buenos modales, la recibió con una sonrisa. Él ya estaba sentado en un sillón que hacía recordar las películas donde el psiquiatra lograba entrar a la mente de las personas y robarles los pensamientos.

Era una oficina algo lúgubre, tal vez antigua o avejentada, viejas fotos familiares se veían en el mueble detrás de la silla del doctor.

Las esquinas superiores de cada pared guardaban algo de polvo enredado en redes de finas y casi imperceptibles telarañas que parecían abandonadas hasta por sus propias arañas, inclusive en algunas se veían pequeños insectos atrapados ya casi sin fuerza tratando infructuosamente de escapar. Eso era lo único que ella realmente quería...

Escapar de la red en la que Raúl la tenía presa.

A pocos segundos de estar parada frente a ese escritorio, puso su vista en un viejo reloj de pared enmarcado en madera que revelaba el pasar del tiempo. Marcaba las 3:25 p.m.

Sintió ese escalofrío, ya conocido para ella, porque ya lo identificaba con sus miedos más profundos. Pero esta vez, de la nada, una mano se posó con fuerza sobre su hombro derecho, como tomando posesión de ella, como advirtiendo....

¡¡¡Se llenó de terror!!!

Quedó paralizada, su piel se erizó por completo, sus pupilas se dilataron haciendo borrosa la visión. Sintió la presencia de esa persona que lograba producir, solo con su presencia, un agujero profundo y quemante en el epigastrio. Sintió náusea y un hormigueo que recorría toda su piel.

No podía moverse, pero tampoco podía hablar. La mano seguía sobre su hombro, pero sentía que apretaba su clavícula por delante y el omóplato por detrás de una forma que no era para nada cariñosa, no lo era, más bien era amenazante... paralizante.

Trató de respirar para entender la situación, pero entre más intentaba calmarse, esa mano más la paralizaba. En ese momento pensó en sus hijos.

En el fondo sabía que desde hacía un tiempo llevaba una amenaza, que, aunque no era explícita, si era latente.... Aunque nunca lo había sentido tan real como ese día.

-"*¡Hola Lorena, mi amor!*", le habló esa persona detrás con voz masculina, que ella reconocía perfectamente.

Ella todavía era capaz de ver al doctor Osorno sentado en esa silla enfrente de ella, como si no quisiera ver lo que le estaba pasando, o tal vez....

¿Cómo si fuera cómplice?

Él buscaba entre los cajones como si quisiera encontrar algo que quería mostrar.

-*"¿Por qué el doctor Osorno me hace esto, no se da cuenta de que estoy en peligro?"*, pensaba, pero no lograba articular palabra.

-*"Estoy acá para apoyarte Lorena, soy tu marido, solo quiero lo mejor para ti"*, siguió esa voz.

Tenía un tono que llevaba una gran dosis de sarcasmo, pero más que eso, sonaba como una advertencia.

-*"¿Es lo mejor para nuestros hijos, verdad?"*, seguía diciendo mientras apretaba con su mano su hombro.

Ella logró dar un giro a su cabeza para enfrentar a Raúl, quería advertirle que no se metiera con sus hijos, que no los tocara. En ese momento la mano que presionaba su hombro súbitamente no estaba ahí. Lorena seguía dando vuelta ahora a todo su cuerpo, como buscándolo, como si se hubiera armado de valor. Sentía que de nuevo podía moverse.

- *"Déjame tranquila"*, pensó sin hablar.

Pero solo encontró silencio.... No estaba, no había nadie detrás de ella.

Se apresuró a mirar el reloj nuevamente.

-*"¿3:25 p.m. todavía?"*, preguntó Lorena como hablando a sí misma con una expresión de terror en su cara.

Notó que el doctor Osorno no había oído su pregunta. Al menos actuaba como si no hubiera oído nada.

-*"Doña Lorena, siéntese por favor, estaba leyendo un poco acerca de su historia clínica"*, dijo con voz sosegada el doctor Osorno.

Ella, todavía confusa por la presencia de su marido que parecía haberse desvanecido, se sentó tratando de conservar la cordura ante él, que, aunque le transmitía confianza y tranquilidad, de alguna forma tenía certeza de que lo que sintió solo minutos atrás podría ser una especie de advertencia de que no estaría a salvo si delatara la verdadera razón de estar en ese lugar. -

"¿Y si el doctor Osorno era cómplice de Raúl?", pensó por un segundo.

Durante la consulta, omitió cualquier posibilidad de evidenciar el riesgo que sentía y la persona de la cual provenía. Por el contrario, analizó cada palabra para prevenir desenmascarar un posible lazo entre ellos dos, su decisión era evitar la furia de Raúl, para mantener así la seguridad de ella, pero más que todo, la de Raúl Jr. y Daniel.

Ella sentía que esa persona que aparentaba sobreprotegerla, al punto de encerrar con llave externa su lujoso apartamento mientras él no estaba presente, que le proveía todo lo que podría necesitar en ese sitio para evitar que debiera salir a comprar artículos de primera necesidad, que obstruía su contacto con las pocas amigas que lograba hacer en sus visitas al colegio por asuntos escolares de sus hijos, esa persona la hacía sentir amenazada, insegura... La hacía sentir miedo, mucho miedo.

Respondió todas las preguntas del doctor Osorno, siempre omitiendo cualquier evidencia de maltrato.

Ella presentía que él sospechaba la verdadera razón por la que estaba ahí. Pero él nunca, de forma directa, se lo expresó.

-*"Lorena"*, dijo mientras retiraba sus lentes con marco dorado de su cara.

-*"Creo que estás teniendo ataques de pánico, y en tu familia hay algunos antecedentes para pensar que podrías estar experimentando lo que conocemos como ansiedad generalizada, es una condición bastante frecuente, para lo que tenemos algunos tratamientos"*, seguía diciendo.

Tenía una expresión que a Lorena le invitaba a elevar su confianza un poco más.

-*"Sin embargo, también es frecuente que esta condición tenga lo que conocemos como triggers, o factores disparadores"*, seguía hablando mientras la miraba fijamente, como queriendo develar lo que ella escondía.

Lorena sintió una urgencia súbita por ver a sus hijos, debía salir de ahí, se sentía ahogada o probablemente.... ¡Descubierta!

-*"Prefiero no tomar medicamentos, yo no soy de tomar nada, no quiero ser una adicta"* dijo con facie que reflejaba angustia.

-*"Lorena, hay heridas que deben sanarse desde su raíz, como un cáncer, porque podría crecer hasta hacer daño, más daño del que pudieras soportar... tanto que muchas personas a veces prefieren morir para no sufrir más"*, dijo él con su mirada todavía sostenida en ella.

Hizo una pausa antes de seguir...

-*"¿Crees que serías capaz de morir para no sufrir una situación... cualquiera que esta sea?"*, terminó preguntando el doctor Osorno.

Ella sintió en ese momento que por alguna razón estaba poniéndola en evidencia, estaba leyendo su pensamiento... sus temores.

-*"No doctor, nunca dejaría solos a mis hijos... nunca"*, respondió tímidamente.

-*"Algunas personas piensan también en llevarse a los seres queridos... ¿me comprende?"*, dijo el doctor Osorno como agudizando su mirada hacia ella.

-*"No es mi caso doctor"*, respondió presurosa.

Pagó la consulta y dejó un pequeño *"tip"* a la secretaria.

Lorena no tenía ninguna limitación de dinero, su esposo lo tenía por montones, pensaba que ese dinero que pagó en verdad no valía nada, que debía recompensar a esas personas porque serían importantes en su vida, que de alguna forma aliviarían esa carga tan pesada y que debía compensarlas por eso, por una sonrisa amable al llegar, por una cita no programada...

O si algún día hubiera preferido no existir que seguir viviendo su tortura.

{ 5 }

Vanessa

Salió de esa consulta no sin antes hacer una nueva cita. Sentía que debía volver, pero una vez constatara que no había riesgo de que eso llegara a los oídos de Raúl.

La sola idea le aterrorizaba porque, a pesar de que él no vivía en ese momento a su lado, la vigilaba constantemente y en ocasiones la amenazaba.

Tomó el ascensor del viejo edificio enclavado en el costado del hospital, cerca de la emergencia, donde muchas veces tuvo que recoger a su esposo a raíz de accidentes o peleas durante sus jornadas de excesos de alcohol y mujeres. Era un elevador tan estrecho que le hacía literalmente respirar el aire de su acompañante de viaje, un anciano con evidente enfermedad pulmonar por cigarrillo que se montó en el piso siguiente.

Al salir del elevador, miró a su alrededor para asegurarse de que no era observada. Aprovechando la libertad de haber logrado salir sin la vigilancia de Raúl, pensó en ir antes a visitar a Vanessa, su amiga.

Necesitaba hablar con alguien, quizás no acerca de su situación, porque hasta ese momento sentía que podría ser riesgoso ventilar ese tema específico sabiendo muy dentro de sí que nadie, nadie podría realmente ayudarla.

Tal vez temía que Raúl se enfrentara a su amiga de forma violenta por "entrometerse" en su vida. Vanessa era de esas personas con actitud siempre positiva y feliz, hija de un matrimonio de personas ejemplares, de buen trato familiar.

Se dirigió a la casa de su amiga conduciendo su automóvil Mazda 323 del año, adquirido por Raúl meses antes, como compensación tal vez de haber sido encontrado por amigas de Lorena en un bar local con otra mujer que lo besaba y abrazaba en forma apasionada, en medio de exceso de alcohol y marihuana que regularmente consumía hasta perder la razón, lo que necesariamente lo llevaba a una agresividad sin límites.

Mientras se acercaba, iba pensando lo irónico que sonaba que precisamente esa amiga, se hubiera casado con Halmar, hijo único de una pareja de comerciantes de origen libanés, que, desde su arraigo en la ciudad, habían amasado una gran fortuna para los estándares de la época. Sin embargo, a pesar de su dinero, Halmar no sería ciertamente lo que el padre de Vanessa soñaría para su propia hija.

Lorena no podía precisar si el hogar de Halmar era tan respetuoso y tranquilo como el de Vanessa, sin embargo, él era conocido en la ciudad por abusar, así como su propio esposo lo hacía, del consumo de alcohol, ser agresivo y, aunque no muchos fuera de su propia familia lo sabían a ciencia cierta, se sospechaba que golpeaba a su esposa, y aunque no fuera así, los maltratos psicológicos para con ella si eran bien conocidos.

-"¿Qué hace que una mujer tan especial como ella escogiera un hombre así para unir sus vidas en un matrimonio?", pensó mientras hacía un gesto de incredulidad con su cara.

Pensaba que cada vez que intentaba preguntar esto a su amiga, la respuesta al final siempre era parecida.

-"Halmar es un buen hombre en el fondo, él no me ha golpeado, aunque me grita, pero también es que yo le saco la piedra", o en ocasiones, "él es muy amiguero por buena persona, los amigos lo buscan mucho, lo emborrachan y eso lo vuelve medio loco, pero en su sano juicio es amoroso".

De alguna forma ella evitaba pensar que esas mismas respuestas ella las usaba cuando era cuestionada acerca de su Raúl.

-"¡Tal vez por eso nos identificamos!", pensó, "¡tal vez yo misma no lo pensé!"... hizo un gesto con su cabeza como quien borra un pensamiento que le incomoda.

Al llegar a la casa de Vanessa, pudo notar que el automóvil de Halmar estaba mal estacionado al frente de la calle.

Alcanzó a bajarse de su auto y por curiosidad palpó con su mano el baúl delantero advirtiendo que estaba caliente, lo que significaba que probablemente hacía minutos acababa de llegar.

Ella sintió cierto temor de entrar en esa casa, al menos en ese momento. Estando ya en la puerta de entrada, dio la vuelta y se dirigió a su auto. Ya sentada, sentía que sus piernas flaquearon, como si temblaran.

-"¿Será que ella está en peligro ahora?", pensó con horror.

No quería quedarse con la culpa de no haber hecho algo si su amiga lo necesitara. Se bajó nuevamente de su auto, esta vez sentía que no podía caminar, no tenía fuerza, sentía un imán pegando sus pies al suelo evitando que caminara y que, a medida que se acercaba, se sentía más fuerte.

Lorena conocía esa sensación, de hecho, era uno de los síntomas que la llevaban a consultar médicos sin encontrar una explicación.

Entendió que estaba sufriendo un ataque de pánico cuando empezaron las palpitaciones y la sensación de que no era suficiente el aire que respiraba.

Tocó la puerta tímidamente y esperó.

Rogaba que no apareciera Halmar en esa puerta, porque por su mente rondaba el temor de que, si era así, probablemente no podría ver con sus propios ojos a Vanessa.

Pasaron minutos, que para Lorena se convertían en horas mientras sentía que uno a uno se abrían los seguros y candados que Halmar instaló en su puerta por "seguridad". Ella sabía lo que significaba una "casa por cárcel", porque Raúl la encerraba a veces muchos días, durante sus ausencias para "protegerla". Se abrió la puerta. Quien salió fue la empleada...

-"La señora Vanessa no puede verla en este momento, pero le manda a decir que la llama más tarde a su casa", le dijo.

-"¿Ella está bien?", preguntó Lorena. Mientras hablaba, trataba de mirar el interior de la casa como buscando señales de que necesitara ayuda.

-*"Si señora Lorena, es que el señor Halmar acaba de llegar..."*, dijo la empleada algo temerosa.

Pronto fue interrumpida por la voz de Halmar...

-*"Yesenia ya entre y cierre la puerta"*, dijo con voz autoritaria.

La empleada bajó la vista y cerró la puerta con sumisión... dócil.

Lorena se quedó unos minutos esperando, aunque no sabía qué. Probablemente esperaba oír gritos y señales de golpes. Pero no sintió nada.

Sentada en ese auto, por momentos sentía que su mundo era pequeño, que amaba a sus hijos y era lo único que hacía ese mundo valer la pena, verlos crecer.

Solo temía eso... No poder verlos crecer.

Para ella el propio padre de sus hijos sería el riesgo más grande, pero nunca imaginó realmente cuánto. No pudo anticipar lo que pasaría días después, ese trágico día...

"Un día como nunca".

Se montó en su automóvil rumbo a su apartamento.

{ 6 }

Recordando el pasado

Mientras esperaba en un semáforo, su mente divagaba en el pasado.

En 1989, a los 16 años, Lorena, hija de un ingeniero estricto y una mujer paisa que ella percibía hermosa durante su juventud, con buen desarrollo escolar, soñaba con ser arquitecta algún día.

Los últimos cinco años en su casa se vivía un ambiente tormentoso por cuenta de las largas ausencias de su padre, dedicado a labores de construcción de obras gigantes en otras ciudades. Era uno de esos seres que entregaban con pasión su vida para proteger las de otros.

A pesar de percibirlos como buenos padres, había pensamientos que rondaban su cabeza.

Siendo la mayor de tres hijos, sobre ella recayeron responsabilidades que no pidió, pero que a la postre pesaron en la relación con sus padres y hermanos, a tal nivel que la llevaron prematuramente, a la edad de 16, a juntar su vida con Raúl.

Esto frustró su plan de seguir una carrera como arquitecta, que todavía no había empezado y solo se quedó en su mente de adolescente.

Desde muy niña vivió la experiencia de lidiar con dos hermanos varones, lo que incluye, por supuesto, en aquella sociedad machista de ese tiempo en Colombia, que ocasionalmente pasaba por la fuerza. Pero también debía tomar un poco el papel de madre, que incluía la responsabilidad de hacer que sus hermanos estuvieran listos a tiempo para la escuela, preparar sus comidas al regresar de la escuela y alistar sus uniformes.

Sus primeros años transcurrieron en Medellín, Colombia, una región de clima templado, gente pujante, amable y físicamente bella, como si los ancestros de sus habitantes mayormente europeos hubieran tenido pocas mezclas genéticas. Rodeada de montañas bajas y amables, de un verdor incomparable, que daban la bienvenida a un clima envidiado por muchos y de una amabilidad y calidez que contagiaba e invitaba a visitarla.

Muchos se rendían a sus encantos, por la cultura tan aferrada de sus gentes y muchos llenaron sus calles de cultura como el inolvidable Carlos Gardel, que, aunque argentino, sembró en el paisa un gusto por el tango y la milonga que quizá ninguna ciudad fuera de su propia tierra tendría.

Una feria de bocinas de autos detrás de ella la despertaron de sus pensamientos, y es que el costeño, se caracteriza entre muchas otras cosas por esa forma de expresarse con bulla, voz alta, como anunciando cada cosa al mundo. Hacía sentido, el semáforo había cambiado a verde y muchos detrás de ella tendrían la prisa de las obligaciones del día.

Quizá ella no tenía mucho interés en avanzar, en llegar. Tal vez quería desaparecer, excepto por sus hijos.

Mientras conducía, su mente divagaba como distraída. A pesar de una relación no muy buena con su padre, su madre lo quería, a su manera lo quería, él, en cambio, la amaba.

Entre más se acentuaba la brecha matrimonial, más solos se sentían los hermanos de Lorena, y en algún momento ella se volvería casi la responsable de que sus hermanos asistieran a tiempo a sus colegios, terminaran sus tareas o comieran adecuadamente.

Esto fue minando la unidad familiar haciendo que los rumbos de la vida los separaran de lo que significaban los valores intrínsecos de la familia.

Perdieron el rumbo....

En esa pérdida del rumbo, los jóvenes inexpertos hermanos de Lorena, a pesar de su buen corazón, encontraron en algún lugar de la calle la mayor pesadilla del ser humano, que destruye cerebros y conciencias, que te aleja probablemente para siempre de un destino con buen puerto y te adentra en una tormenta obscura y muchas veces sin fin.

Las drogas y el alcohol.

Ante la pérdida del punto de gravitación, como cuando objetos dan vueltas alrededor de un punto medio y de pronto van dejándose llevar por una fuerza que les aleja del centro, haciendo que queden a merced de una fuerza externa que aprovecha esa pérdida del orden de gravitación para extraer alguno de los objetos de ese círculo, que sería el círculo familiar, el que debía servir para atraer nuevamente esos objetos al centro para evitar dolor y sufrimiento.

En este caso Lorena fue saliendo del círculo atraída por una fuerza que resultaría siendo su infierno... Raúl, que la llevó a soltar completamente las ataduras de lo único que la protegería, aunque no fuera perfecta...

Su familia

Lorena recordaba a su familia... imperfecta, pero, al fin y al cabo, su familia, el lugar donde se sentía segura, a pesar de lo inseguro. Las guerras de almohadas, las tiendas de campaña en el cuarto, los chistes, la televisión en blanco y negro juntos, las palomitas de maíz con sus hermanos que terminaban en batallas campales, la salida al colegio cada mañana, la mochila, la lonchera, la leche condensada, la paleta de fruta, aprender a manejar mientras sus padres dormían la siesta....

Tantas cosas.

Raúl era un muchacho joven, aparentemente seguro de sí mismo, procedente de una familia de Medellín que, aunque no pertenecía a una clase social alta, por alguna razón había logrado una pequeña fortuna que se creía relacionada con restaurantes, aunque algunos creían que al menos en su inicio podía estar impulsado por dineros provenientes de otros negocios menos visibles.

En algún punto, por razones que ni siquiera Lorena logra precisar, toda la familia de Raúl decidió mudarse a la ciudad de Santa Marta, donde se dedicaría al negocio de los restaurantes.

Para esa época en que Lorena apenas tendría 16 años, lo conocería, y precisamente él, cambiaría su vida para siempre. Raúl, 6 años mayor, la conquistó con cosas que posteriormente serían superfluas para ella, pero que en ese momento eran lo único que ella podía ver, un ser jovial, relajado, aparentemente feliz, con dinero que podía comprar momentos de alegría y plenitud que ningún joven de la edad de ella podría ofrecer...

La deslumbró.

Al mismo tiempo que Lorena vivía una pesadilla dentro de su propio hogar, Raúl le ofrecía todo lo que le hiciera olvidar aquello. Poco tiempo después de conocerla, le ofreció un camino incierto pero llamativo para ella, con comodidades, automóviles, dinero y la promesa de la felicidad eterna que a ella le hacía soñar.

Lorena salió de su casa para nunca más volver, dejando a sus hermanos sin la única persona en ese momento en sus vidas que hubiera podido evitar sus propias debacles, sus propios demonios que todavía hoy son causa de luchas para ellos.

La ahora pareja se mudó a Santa Marta, situada en la costa norte de Colombia. En esa ciudad, la vida para ella era completamente nueva, nuevos paisajes, mucho mar, mucha historia, muchas leyendas. La gente le hacía sentir bien por su espontaneidad.

Se sentía cómoda.

Raúl por su parte se comportaba tal cual ella lo conoció, jovial, alegre y despreocupado, la atendía con detalles que la mantenían en cierta felicidad, proveía lo necesario para hacerla sentir cómoda y tranquila.

Ella no tenía suficiente experiencia para notar que, si bien él estaba económicamente acomodado, no tenía preparación académica ni la mentalidad de lo que a ella le inculcaba su padre...

-"Estudio, el alimento del cerebro", le decía.

Cuando supo de su primer embarazo, ella se volvió la reina de su mundo, Raúl la consentía de una forma que hacía prever que su vida siempre sería feliz, llena de detalles inesperados por parte de su esposo. Sentía que había escogido bien a pesar de su juventud y su inexperiencia.

Después del nacimiento de su segundo hijo, la relación cambió inexplicablemente. Ella seguía siendo la misma, ahora mujer, todavía atractiva, pero con dificultades propias de la inexperiencia al momento de maniobrar su hogar para rectificar caminos.

Raúl por su parte inicio un camino de excesos, mujeres y sustancias, que lo hundía en el barro inexpugnable de la podredumbre. No volvió a ser el mismo, y ella no supo cómo hacerlo volver.

Las llegadas tarde, muchas veces bajo efectos de alcohol y otros productos, los golpes, los chantajes y manipulación propios de un adicto, el abuso físico y mental se volvieron lo usual, la regla.

Y el tiempo pasó....

Había llegado a la madurez de su vida como mujer sin sentirse plena. Frecuentemente se comparaba con las pocas amigas, diferentes de Vanessa, las veía plenas, disfrutando en los eventos sociales y paseos de los que Lorena se enteraba a manera de chismes o comentarios mientras atendía personas en la oficina administrativa de las propiedades de la familia de Raúl.

-"¿Es mi culpa?", pensaba en silencio.

Ella sentía que ya para ese momento Raúl se había convertido para ella en una carga pesada de llevar, una cárcel, una maldición. Hacía mucho que no podía mantener una relación normal con él, aunque era algo que ella intentaba. Era el único hombre conocido en su vida femenina, no tenía cómo comparar, y menos antes de los 16 años.

Desde el inicio de la relación Raúl había sido dominante, manipulador, pero ella no lo había entendido así hasta este momento. Por el contrario, lo veía con ojos de admiración, el resolvía todas sus necesidades, no le faltaba nada...

Pero en realidad le faltaba todo.

Por momentos intentaba culpar de su decisión de salir de su casa con Raúl a su madre, a su padre, a sus hermanos, tal vez en ese momento de su vida ella se sentía atrapada en situaciones que sentía difíciles de sobrellevar.

-"¿Si hubiera esperado, qué hubiera pasado?", pensaba.

Ese pensamiento la llevaba a divagar en su mente acerca de lo que potencialmente hubiera sido su vida de no haber tomado esa decisión.

Entendía que más que sus padres o sus hermanos y la situación familiar del momento, Raúl era un hombre con problemas mentales, manipulador, dominante, con agravantes que pasaban por la falta de una profesión, de estructura familiar, y... Ella fue la presa perfecta.

A sus 16 años, una mujer de una belleza paisa con piel perfecta, ojos brillantes y expresivos, se convirtió en el premio para un hombre que nunca la mereció.

En ese momento ya acercándose a los treinta, sentía cierto rechazo por su situación, soñaba con tener sus mismos hijos, sin la presencia de Raúl, que no fue ciertamente el modelo a seguir, y lo peor... en ese momento empezaba a tener temor de las consecuencias a largo plazo en las mentes de esos pequeños que no habían pedido un padre así para sus vidas y que probablemente un día lo lamentarían, así como ella lo hacía.

-"No lo amo, hace mucho tiempo no lo amo, peor... le tengo miedo, mucho miedo", se decía a sí misma..."¿Cómo lo verán mis hijos en realidad?... ¿Cómo tratarán mis hijos a sus esposas cuando crezcan?... ¿Qué hago para mejorar sus vidas y aliviar el daño que de pronto ya es irreparable?", eran preguntas que rondaba su mente una y otra vez.

{ 7 }

Raúl

Apenas en medio de su adolescencia Lorena bailaba esa noche en la fiesta de quince años de su amiga Gabriela, la más popular de su clase, con la que tenía una unión especial, se sentaban juntas en las clases y compartían secretos de juventud.

Lorena usó un vestido azul oscuro, que dejaba ver su cuerpo escultural, aunque su baja estatura era disimulada con zapatos de tacón alto que su madre le ayudó a escoger y que se convertían en un yugo que debía soportar porque nunca antes había usado ese tipo de zapatos, casi que tuvo que hacer un curso intensivo para usarlos. Complementó su traje con joyas de su madre que guardaba para ocasiones especiales.

Se veía hermosa, sencillamente hermosa.

Los padres de Gaby estaban bien posicionados en el mundo laboral y de negocios de Medellín y distaban mucho de tener problemas económicos. Prepararon una fiesta para su hija que sería recordada por décadas. En esa etapa de Colombia, y más en esa ciudad, se empezaba a usar ese tipo de eventos para demostrar el potencial económico de la familia; era casi una competencia en la que se medía la capacidad monetaria para contratar artistas importantes que hicieran presencia y se convertía en una especie de trofeo para mostrar.

En la celebración de Gaby no hubo límites. Ya para ese momento algunas celebraciones habían logrado especial atención por la presencia de artistas muy cotizados de la época como El Binomio de Oro, Juan Luis Guerra y su Cuatro Cuarenta.

El salón de eventos del hotel Nutibara estaba espléndido, no faltaba detalle alguno. Una cena exquisita y finos licores estaban preparados para la ocasión. Las mesas estaban distribuidas alrededor de una tarima con una pista de baile central, iluminada con luces que le daban un toque especial a la noche.

Lorena se mantenía cerca de Gaby porque la noche transcurría de una sorpresa a otra, como si fuera una noche mágica en la que cada minuto trae eventos que sorprenden más que el anterior, pero también tenían un impacto en la popularidad de los jóvenes del momento.

Gaby también buscaba estar cerca de Lorena, no solo por su belleza natural y un cuerpo que empezaba a notarse bien formado, son porque su personalidad era perfecta para ella... sencilla pero linda, poco pretenciosa, pero de gustos finos, se vestía bien, atractiva para los jóvenes más populares de su colegio y como si fuera poco... nunca intentaba opacar su liderazgo.

-"Y ahora, quiero darle una sorpresa a mi hija única en su día...", decía el padre de Gaby.

Estaba parado en el centro del escenario con un micrófono de la época en la mano, vestido con un impecable traje de cola de pingüino. Entro en ese momento en escena el rey de la música vallenata...

-"Diomedes Diaz", anunciaba el padre de Gaby con orgullo.

Ese artista no solamente era costoso y todos los asistentes lo sabían, pero también sin excepción sabían sus canciones y las cantaban con pasión mientras sonaban de su propia voz.

Sin duda esa noche sería recordada por mucho tiempo... Para Lorena sería el inicio de su destino.

-"¿Bailamos?", preguntó una voz masculina detrás de Lorena.

Lorena dio la vuelta a su cuerpo para verlo. En primera instancia, aquel joven no causó mayor impresión en Lorena... alto, delgado, con pelo largo, cejas pobladas, sonrisa con dientes bien alineados.

Su traje entero parecía fino, pero lo lucía con un toque de rebeldía encogiendo sus mangas para dejar los brazos descubiertos. Un pequeño tatuaje se dejaba ver en uno de sus brazos, lo que no era común en ese momento... y menos aún entre su círculo de amigos.

-*"Me llamo Raúl, mis padres son socios en algunos negocios de los padres de Gaby"*, le dijo extendiéndole amablemente su mano.

-*"No soy buena para bailar"*, respondió con una sonrisa Lorena.

Aunque no estaba muy interesada en aquel joven, le llamaba la atención que se veía un poco mayor que sus amigos y se expresaba con un toque de autosuficiencia. Raúl sacó de su bolsillo un paquete de cigarrillos Marlboro, ágilmente dio un golpe a la cajetilla que hizo asomarse dos de ellos.

Cual mago en función vespertina. Él ofreció con un gesto a Lorena. En esa época, el fumar era algo atractivo, se veía bien, se hacía hasta en hospitales. La marca del cigarrillo también causaría un impacto, especialmente si eran importados desde Estados Unidos, que gozaban de buen posicionamiento.

-*"No fumo Raúl, me mataría mi madre si se entera"*, dijo ella como disimulando el ofrecimiento.

Encendió el cigarrillo enfrente de ella y realmente era llamativo para ella la forma como lo hacía, ocasionalmente bocanadas de humo con figuras de círculos y... Un corazón.

-*¿Cómo lo haces?*, preguntó ella con tono de inocencia.

-*"Hago muchas otras cosas... puedo ensenarte un día... lo que no hago bien es bailar"*, dijo él con un dejo de seguridad en sí mismo.

-*"¿Entonces por qué me invitaste a bailar?"*, preguntó ella mirándolo con ojos expresivos de curiosidad juvenil.

-*"Vengo siguiéndote desde que te vi entrar a esta fiesta, mi corazón me dijo que serías mi esposa y... yo le hago caso al corazón"*, dijo él con tono romántico y conquistador.

Lorena evidentemente estaba cada vez más interesada en esa conversación, él parecía ser el modelo de joven seguro de sí mismo, libre

para fumar, conducir autos y probablemente muchas cosas más que
ella no conocía, pero le causaba curiosidad.

-"*¿Te muestro mi auto?*, preguntó él.

Ya para ese momento Raúl parecía tener control de la conversación,
la diferencia de edad y el estilo de vida que seguía definitivamente
hacían de Lorena una conquista predecible para él.

-"*¿Tienes auto?*", preguntó Lorena con sorpresa.

Era natural estar sorprendida, en aquel momento de su vida,
ninguno de sus amigos tenía automóvil propio... en el mejor de los
casos prestaban por algunas horas el de sus padres para ir a la
tienda.

-"*Claro... quien puede vivir sin un auto propio*", dijo con sarcasmo.

Salieron de la fiesta para conocerlo, por una hora, Lorena olvidó a
su amiga Gaby. Una vez cerca del parqueo de autos, Raúl cubrió con
sus manos los ojos de Lorena, como anunciando que sería una sorpresa para ella.

-*"No es cualquier carro... es un Corvette"*, le dijo mientras apartaba sus manos para dejarla ver.

Lorena miraba sorprendida ese auto. Sabía de su existencia por revistas y televisión, como parte de los bienes de artistas famosos y personajes destacados... Pero nunca había tenido la oportunidad de tenerlo cerca.

Raúl parecía no tener intenciones de detener su conquista. Abrió la puerta y la invitó a entrar al auto con un gesto de galán que ciertamente nunca antes ella había recibido de sus amigos.

Lorena empezaba a sentir más interés en ese joven que se mostraba y actuaba seguro, y le estaba enseñando cosas a las que nunca había estado expuesta. Entró al auto y se sentó en el puesto del copiloto. En ese momento no se prestaba ninguna atención a los cinturones de seguridad.

Él dio la vuelta y se sentó, entrando ágilmente a través de la ventana... sin siquiera abrir la puerta, en el puesto del conductor.

Ella miraba todo lo que ocurría con asombro y algo de admiración. Lorena quería explorar más aquel auto, abrió la guantera frontal que causó la salida de una bolsa de plástico que contenía lo que más adelante ella sabría lo que en ese momento no conocía... marihuana.

Raúl se apresuró a reacomodar la bolsa y cerró la cajuela con algo de inconformidad por la situación, sin embargo, tomó pocos segundos suavizar su expresión para sonreír amablemente a Lorena.

Encendió el auto y aceleraba con fuerza para dejar sentir la potencia de ese motor. Al mismo tiempo encendía el radio introduciendo un "cassette" de música del dúo australiano *"Air Supply"*. La primera canción, *"All out of love"*, ya era conocida para ella y evocaba en cualquier joven de la época, sensaciones de amor y bienestar.

A pesar de no hablar inglés, se cantaban como si se conociera el idioma... y así lo hizo ella en ese momento... cantó con fuerza, en voz alta, como liberándose. Otras canciones como *"The one that you love"* y *"Lost in love"*, también causaban efectos similares en ella.

Poco a poco se fue creando cierto vínculo de interés entre los dos, aunque el liderazgo definitivamente lo ejercía Raúl.

Al entrar nuevamente a la fiesta, su amiga estaba buscándola, quería mostrarle el anillo de piedras preciosas que su padre le había regalado por motivo de su cumpleaños.

Raúl se despidió con la excusa de que los amigos lo esperaban en la discoteca Kevin's. Invitó a Lorena que en ese momento ya estaba rodeada de sus amigos y se negó.

-*¿Quién es él?*, preguntó Gaby con curiosidad.

-*"Raúl, hijo de un amigo de tu padre... me dijo"*, respondió ella.

-*"Pero se ve mayor que nosotras... creo que sé quién es el padre"*, dijo Gaby.

-*"No tanto Gaby, no exageres"*, terminó diciendo Lorena.

En ese momento Lorena sintió que algo cambió en la forma de ver a sus compañeros que pretendían controlar los efectos del alcohol que nunca bebían pero que para esa fiesta les era permitido. Se comportaban infantiles para ella a partir de ese día.

Al siguiente día y cada día desde esa fiesta, Raúl tenía una nueva sorpresa para Lorena, una nueva forma de conquistarla, algo que enseñarle en su camino de pasar la adolescencia hacia la mujer.

"Aceleradamente" Sin darse cuenta, Lorena fue abandonando a sus amigos... a sus amigas...

A su familia...

$$\{\ 8\ \}$$

La pistola

Varios días transcurrieron después de la salida de Raúl, antes de que ella decidiera escudriñar las pocas pertenencias que había dejado en su apartamento después de aquella última golpiza en que él decidió, "temporalmente", pasar unos días en casa de su madre mientras "intentaban" mejorar nuevamente su matrimonio.

El armario de ropa que compartían en su habitación era amplio y tenía una sección dedicada a cada uno por aparte. Ella entró con cierto temor a la de Raúl, nunca lo había hecho, quizá porque sabía, en su mente, que muchas cosas que encontraría no serían lo que ella esperaba de un esposo, de un compañero de vida, sino de una persona extraña y probablemente peligrosa. Muchas de las camisas, todas de marcas finas, tenían rastros de pintalabios en el cuello, olores a perfumes que no pertenecían a ella. Empezó a abrir los cajones en orden del más alto al más bajo, con cierto temor...

Como si él estuviera vigilándola. En un rincón de uno de ellos encontró varias pipas de diferentes colores y formas que se usan para fumar marihuana, aunque no había evidencia de la hierba en ese momento.

-*"Tal vez ya se la ha fumado toda"*, pensó mientras seguía buscando.

En el último cajón, mal escondido, encontró una pistola calibre 38 cargada. Ella conocía ese tipo de arma, no por Raúl, sino por su padre que era aficionado y experto en ese tema. Sabía lo que significaba tener un arma como esa cargada en un apartamento con dos niños en crecimiento, curiosos.

Nadie se atrevía a hurgar ese lugar casi sagrado, inexpugnable. Tomó la pistola y la descargó completamente asegurándose de que no quedaran proyectiles en su interior. Ella sabía que debía alejar esa arma de su hogar. Por alguna razón se preguntaba en ese momento, si esa arma había sido usada antes, si él la usaría contra alguien.

Tal vez ella, ya acostumbrada a la violencia de Raúl, pensaba que nunca podría ser usada contra alguien y que solo la tendría para defenderse en caso necesario.

-*"¿Defenderse de quién?"*, se preguntó con el arma todavía en la mano, *"¿tiene alguna razón para defenderse?"*, seguía pensando.

Esa mañana, aprovechando que sus hijos estaban en la escuela y la empleada estaría en el supermercado por unas horas hasta que ella la recogiera, se tomó un tiempo sentada en un pequeño sofá dentro del armario con el arma en la mano. Las balas en la otra mano.

Pensaba lo que debía hacer con ella. Definitivamente no quería tenerla en la casa. Mientras lo hacía, pensaba también en lo mucho que había cambiado su mente.

Tal vez había llegado a cierta madurez, veía las cosas más claras. Sentía que ahora en algún momento alrededor de sus treinta, podía diferenciar lo que le hacía sentir bien y lo que no, lo que hacía sentido y lo que no lo hacía.

Esa pistola la hizo por unos segundos temer por sus hijos. Vinieron a su mente las imágenes de las golpizas y los insultos que recibía de Raúl como especie de "flash back", que recurrentemente aparecían como fantasmas que ella por momentos sentía irreal, como si fuera algo que otras personas contaran de sus vidas, pero no a ella.

-"*¿Por qué yo, porque a mí, que hice mal?*", eran preguntas que llegaban a su mente cada vez que recordaba esos momentos de angustia.

Una lágrima rodó por su mejilla, era una lágrima de dolor, de impotencia. Se sentía atrapada en una vida que no esperaba, de la que se sentía presa, con la dicotomía de lo amado y de lo no amado en una sola página. Como si lo uno no pudiera existir sin lo otro.

Por un lado, sus hijos, lo amado, lo único cierto en su vida, lo único por lo que entregaría su vida misma, de hecho, la razón de seguir ahí, estática, como incapaz de moverse de ese "*status quo*", por otro lado, lo que no amaba, Raúl, que día a día la llevaba a pensar que ella misma estaría al borde de caer en una condición mental, que la obligó a buscar ayuda con el doctor Osorno.

Muy en su interior la asustaba la posibilidad de que en cualquier momento Raúl se convirtiera en su verdugo de vida, que esa tregua en que habían convenido estar antes de "*intentar reconstruir su matrimonio*" terminara y se convirtiera en una prisión de horror definitiva, de por vida.

Desde que Raúl le dio esa ventana de respiro, sentía cierta felicidad, él ya no era el compañero para disfrutar, para vivir experiencias, para compartir el crecimiento de sus hijos... ni siquiera el objeto de su deseo sexual, que había quedado casi por completo anulado hace muchos años. Tomó su teléfono y llamó a su cuñado, hermano de Raúl.

-"*Pedro, necesito que hagas algo por mí, y probablemente por tus sobrinos también*".

-"*Claro Lorena, solo dígame que hay que hacer*", respondió Pedro usando jocosamente una jerga típica de las películas de la mafia colombiana de la época.

Lorena no tenía mayor apego por los hermanos de Raúl, pero tal vez eran las únicas personas masculinas con las que podía sostener conversaciones sin recibir amenazas de su esposo. Sabía que debía ser cuidadosa con la información que le daba, porque podía ser contraproducente para ella si Raúl se enteraba de su intención de sacar esa arma de la casa.

-*"¿Puedes venir un segundo por favor?"*, preguntó, "acá te explico".

Aunque tardó varias horas, que para Lorena se convertían en años con un arma escondida que representaba una razón adicional de temor, finalmente el citófono anunciaba la llamada de Pedro en la recepción. La misma Lorena abrió la puerta, no quería que Emilia se enterara del peligro que ella misma podía correr. Pedro notó cierto misterio en Lorena que no era usual, él la conocía como persona alegre y más bien frentera, sin tapujos a la hora de saludar y hablar.

-*"¿Qué pasa Lorena?"*, preguntó con cara que dejaba notar una mezcla de extrañeza y misterio.

Lorena no musitó palabra, solo lo guió con señas al closet de Raúl. Señaló con el índice derecho el cajón donde se encontraba el arma y a su lado los proyectiles que ella misma había extraído. Lorena estaba temblorosa, no tenía mucha confianza en Pedro, pero esta vez debía hacerlo, no tenía otra opción real.

-*"¡No Jodás Lorena, no creerás que Raúl sería capaz de hacerles daño a ti o a los niños!"*, exclamó Pedro como incrédulo.

-*"No quiero meterme en los problemas de ustedes, mi hermano puede ser un puto, mujeriego, alcohólico y hasta marihuanero... pero no es un asesino"*, siguió diciendo.

-*"Solo quiero que te lleves el arma y lo escondas de todos, acuérdate que los niños son curiosos y podrían ponerse a jugar con esto"*, le dijo ella como tratando de darle una orientación diferente al favor que pedía.

-*"Por amor a Dios, no le digas esto a él, una vez arreglemos nuestro matrimonio, se la devolvemos... ¿OK?"*, terminó diciendo Lorena.

Sus ojos rogaban no recibir más preguntas, ella no quería dejar en evidencia el terror que sentía por su hermano, es más, no sabía que tanto Pedro sería capaz de decir a Raúl lo que estaba ocurriendo.

-*"Está bien Lorena, pero con una condición"*, dijo Pedro.

-*"¿Cuál Pedro?"*, respondió ella casi sin dejar pausa. Ella quería que ese momento terminara pronto.

-*"Ni una palabra de que yo fui el que escondió el arma, ni siquiera si él descubre que tú la sacaste de su closet"*, dijo Pedro con tono de exigencia, *"el día que decidas entregársela de nuevo, me dices y yo te la entrego a ti"*, terminó diciendo mientras extendió la mano para recibir el arma.

Lorena le entregó el arma a Pedro envuelta en un calzoncillo que se encontraba al lado de esta. Pedro separó en bolsillos diferentes el arma y los proyectiles. Después de ver salir a Pedro casi sin despedirse, se sentó como quien se sienta después de liberarse de una carga que a duras penas puede sostener.

-*"¿Por qué Pedro le teme tanto a Raúl?... ¿por qué no podría simplemente decirle a su hermano que tomó el arma para que los niños no jugaran con ella?"*, se preguntó Lorena mientras tomaba un respiro.

Sintió un escalofrío que recorría todo su cuerpo. Aunque nunca sospechó lo que pasaría días después...

"Un día como nunca".

{ 9 }

Un mes antes del día de los hechos

Un mes antes de ese día, la vida de Lorena transcurría ante la incertidumbre de lo que pasaría cada minuto de su vida, sentía temor.

Raúl se había convertido en un ser totalmente diferente del que se enamoró tanto, como para salir del hogar de sus padres, del lado de sus hermanos, pero además, se convirtió en una especie de monstruo que era totalmente desconocido para ella, que no deseaba como esposo, como amigo, como amigo y peor...

como padre de sus hijos.

Ella había evolucionado, había madurado, había conocido más allá del pequeño mundo en que él la encerraba.

Empezaba a entender a Raúl, la enfermedad mental que lo aquejaba, y, aunque no sabía de diagnósticos o ciencia, si tenía ya, para ese momento la sabiduría que solo la madurez femenina le mostraba, algo con lo que nació, pero que nunca supo usar, el sentido común... tal vez, el menos común de los sentidos en su mundo que, desde temprano en su vida, no había podido comprender.

Ella empezó a salir de ese apartamento más frecuentemente, pero casi siempre para asuntos que necesariamente pudiera explicar cómo necesarios para sus hijos... ir al supermercado, llevarlos a la escuela o a un cumpleaños de algún compañero...

Sentía temor de siquiera pensar que Raúl la encontrara fuera de su casa en actividades diferentes... hacer ejercicio en un gimnasio, ir a un salón de belleza...

Eso la pondría en riesgo de una golpiza.

Por la información que en esa ciudad pequeña fluía de boca en boca casi anónima, sabía que él, aunque ahora en casa de su madre, dormía hasta muy tarde por sus actividades nocturnas que envolvían alcohol y otros excesos, por lo que mayormente realizaba actividades durante las mañanas, casi escondida, evitando saludar a conocidos, en especial si eran del sexo masculino.

Poco a poco sentía cierta libertad a la que se estaba acostumbrando.

Por invitación de Laura, a quien conoció como madre de un compañero de escuela de su hijo, empezó a asistir a un gimnasio de la ciudad. Por supuesto, llamaba la atención de otros asistentes que reconocían en ella una belleza natural y fresca, con un acento paisa en su hablar que cautivaba sin notarlo.

Ella siempre mantuvo una actitud que no permitía un acercamiento siquiera amistoso, a pesar de la insistencia de varios jóvenes que se aproximaban a su edad y lucían bien físicamente, pero también tenían formas de comportamiento amable y respetuoso que llamaba su atención y no dejaba de atraerle...

Le gustaba sentirse atractiva.

Empezó en esos días a entender otras facetas de la vida, otras personas, muchas de ellas profesionales, en ejercicio de ocupaciones fascinantes para ella y que le creaban, al menos curiosidad.

Se abrió, en poco tiempo para ella, un mundo que le era, no solo desconocido, sino negado, escondido.

Ocasionalmente se encontraba a sí misma mirando con la cabeza hacia abajo a parejas que asistían al lugar y disfrutaban juntos las actividades del gimnasio.

-"¿Cómo pueden estar juntos en un gimnasio y verse tan felices?", se preguntaba.

Era como si un mundo paralelo a lo que siempre conoció como mujer se abriera ante sus ojos, como abriendo un libro que era prohibido para ella.

Pasaban cosas que hacían que se sintiera avergonzada de sí misma.

En cierta ocasión, mientras se ejercitaba en una caminadora, solitaria, como era percibida en el lugar, se sintió observada, como si presintiera que alguien no le quitaba los ojos de encima.

Ella no pudo evitar levantar su mirada y, como si se tratara de un GPS, que para esa época no existía, casi inmediatamente detectó de donde venia esa mirada...

Karl Rubbens, un americano robusto y musculoso, de ojos claros y una sonrisa que dejaba ver sus dientes blancos como mármol, la miraba sin pudor, sin pena, sin ocultar su admiración... sin ocultar su deseo de conocerla, de saber más de ella.

Al dirigir su mirada hacia él, quedó paralizada, sintió que temblaba y un sudor frío recorrió su cuerpo...

Se sintió en evidencia... estaba mirando a un hombre...

La sensación de culpa la invadió, inmediatamente volvió su mirada hacia abajo como queriendo borrar el momento, sintió arrepentimiento, vergüenza, pena de sí misma. Se sintió sucia, pecadora...

Infiel.

Siguió su ejercicio como queriendo restar importancia a ese fugaz cruce de miradas, como queriendo borrar... pero no sabía lo que debía borrar. Interrumpió su ejercicio y tomo varios minutos de descanso.

Después de quince minutos, caminó hacia los vestidores sin desviar su vista, con la cabeza baja como quien quisiera evitar miradas, aunque pudo notar que ya para ese momento, aquel hombre que la miraba no se encontraba cerca.

Al doblar la esquina de la pared que conducía a los vestidores femeninos, se tropezó de frente con Karl, quien aparentaba salir casualmente en ese momento del vestidor masculino.

Tenía el pelo húmedo, un pantalón que se ajustaba a su figura esbelta, una camisa blanca todavía entreabierta mientras el ajustaba los botones de abajo hacia arriba, dejando ver tu pecho poblado y parte de sus pectorales firmes.

Ella no pudo evitar captar cada detalle de ese hombre que le causaba cuando menos...

Inquietud.

Era la inquietud de una mujer que pasó de ser una niña a una mujer casada con dos hijos, encerrada en un mundo que la alejó, sin saber de cualquier contacto con esas situaciones. No sabía cómo actuar, no tenía ninguna intención de entablar amistad con hombre alguno, pero no lograba encontrar una salida adecuada para ese momento...

Nunca lo aprendió antes.

-*"Hola señorita"*, dijo Karl con un acento de evidente procedencia norteamericana.

-*"Hola, señor"*, respondió ella con timidez.

-*"¿Es usted famosa?... ¿quizá una actriz?... ¿modelo?"*, preguntó él.

Karl hablaba con acento evidentemente extranjero, con mucha seguridad en sus palabras y una mirada que ella percibía de coquetería.

Definitivamente le inquietaba ese hombre.

Era la primera vez de su existencia como mujer que alguien diferente a su marido le expresaba algo que le hiciera sentir hermosa, interesante... mujer.

Por alguna razón sintió en ese momento un temor muy grande de ser vista por su marido o por alguna persona que pudiera hablarle de su cruce de palabras con ese hombre.

-*"No, creo que me confundió señor..."*, fue interrumpida por él.

-*"Karl, señorita..."*, dijo él como esperando su respuesta.

-*"Lorena"*, dijo presurosa mientras miraba a su alrededor, evidentemente asustada

-*"¿Qué le asusta Lorena?,* preguntó Karl.

-*"No estoy asustada... es que...",* nuevamente fue interrumpida por él.

-*"Soy agente especial de la DEA, estoy en la ciudad hace más de un año, además estoy entrenado para defenderla, jajaja",* dijo con tono de amabilidad y gracia.

Ella no sabía que pensar de eso, se oía como un gesto de amistad para iniciar una conversación, pero sentía que un joven tan apuesto, hablándole en la, casi intimidad del camino a los baños de un gimnasio no sería una posición adecuada para ella... aunque no sabía porque lo percibía así, tal vez era un instinto.

-*"Debo recoger a mis hijos en la escuela Karl, perdona... se me hace tarde",* le respondió ella bajando su mirada.

-*"¿Vienes mañana?",* preguntó él, mientras terminaba de abotonar lentamente su camisa.

-*"Quizá... quizá... si me invita mi amiga Laura",* respondió ella dejando ver su sonrisa por primera vez.

-"*Yo te invito*", le respondió inmediatamente.

-"*No creo*", dijo ella cerrando la conversación.

Entró al baño y se arregló un poco.

Al mirarse en el espejo pudo notar que desde la última vez que se vio en el espejo de su casa, hacía apenas unas horas esa mañana, la mujer que estaba en esa imagen, se veía más hermosa, unos senos perfectos, que producían en medio, un valle sensual, articulado con un abdomen plano y musculoso y caderas con curvas que no podrían pasar desapercibidas.

Levantó su pierna apoyando el pie sobre una pequeña mesa al lado del lavamanos y miró sus muslos... ahora se veían musculosos, con piel canela...

Por primera vez, después de muchos años, se sintió hermosa... a pesar de su baja estatura...

De ser una "enana", como le decía Raúl

Mientras su mente analizaba su *"nuevo sentir"* acerca de su apariencia, entró presurosa Laura...

-*"Apurémonos... se nos hace tarde Lorena"*, le dijo tomándola del brazo para salir del lugar.

Mientras avanzaban en el auto, conducido por Laura, Lorena se preguntaba si su nueva amiga la juzgaría por haber hablado con aquel hombre en el gimnasio.

-*"¿Sabes que se me acercó un hombre llamado Karl a hablarme en el gimnasio?"*, preguntó Lorena.

Ella trataba de entender la situación... ¿fue algo inapropiado?... ¿irrespetuoso?... ¿malo?

-*"Ahhh, si... eso hacen todo el tiempo, ya sabes, les llama la atención una mujer y se acercan a explorar, es solo cuestión de espantarlos amablemente, es algo normal"*, le respondió Laura como restando importancia.

A pesar de que volvía al gimnasio con Laura al menos dos veces por semana, no volvió a ver a Karl.

Varios días después, saliendo del supermercado, mientras acomodaba lo comprado en su automóvil, apareció detrás de ella Karl, quien tomó varios de los paquetes y la ayudó a acomodarlos con una sonrisa que hizo que ella lo saludara con agrado.

-*"Hola Karl, no te volví a ver en el gimnasio"*, dijo Lorena.

-*"Si, estuve en mi país en asuntos de trabajo... tú sabes, pero ya estoy de vuelta... ¿cuándo nos tomamos un café?"*, preguntó él mientras miraba sus ojos fijamente.

-*"No creo que pueda Karl... it's complicated"*, como dicen en tu tierra, jajaja", dijo ella en cierto tono de broma.

Él notó que ella miraba con ojos de angustia a su alrededor, como si temiera algo. Sacó de su bolsillo una tarjeta de presentación personal y se la entregó en su mano... Lorena la tomó con curiosidad y la leyó...

-*"Karl Rubbens, DEA Special Agent"*, decía el encabezado, seguido por un número de teléfono y la dirección de una oficina.

-*"Quiero que sepas que me puedes llamar en cualquier momento, especialmente si te sientes amenazada"*, le dijo y giró su cuerpo un poco dejando ver, pegado a lo cintura un arma.

Se trataba de un llamativo colt.45, un arma semiautomática conocida como Colt M1911, muy popular en el siglo XX.

A pesar del temor que le daba estar cerca de armas, ese hombre le daba cierta seguridad.

Guardó la tarjeta de presentación de Karl en su cartera como quien esconde un secreto. Súbitamente sintió que era observada y que debía alejarse de ese lugar...

"Y así lo hizo".

Regreso al psiquiatra quince días antes de los hec

Lorena sentía cierta libertad después de la salida de Raúl de su apartamento ya cerca de dos meses atrás.

Ciertamente no había en su mente un solo ápice de tristeza por no tenerlo a su lado para ese momento, era como si las culpas se disiparan como se disipaba el tiempo que los separaba. Se sentía confortable.

Esa tarde no había muchos pacientes en la fría sala de espera del doctor Osorno, aunque debió esperar más de una hora para ser llamada...

-*"¡Lorena!"*, anunciaba una voz desde la recepción, *"ya puede pasar... el doctor la espera".*

Ella se levantó de la silla y caminó hacia la entrada, como quien está a punto de presentar un examen verbal.

Al entrar, encontró al doctor Osorno ya parado enfrente de su escritorio con una actitud amable y pausada, que era usual en él. Le extendió la mano para saludarla.

-*"Que agradable volver a verla Lorena... siéntese por favor"*, dijo.

Después de varios segundos, el doctor Osorno continuó...

-*"Durante la visita previa, logré captar que tiene usted una ansiedad severa, aunque usted omitió detalles... importantes, ¿quiere hablar de esos detalles?"*, preguntó el doctor Osorno.

-*"¿A qué se refiere con detalles?"*, preguntó ella con cierto miedo.

-*"A veces las causas de nuestras ansiedades están cerca y no las reconocemos, pero el reconocerlas es de importancia para ayudarnos en el tratamiento"*, explicó el doctor.

Lorena quería evitar despertar sospechas en cuanto al maltrato físico que recibía hasta hace un mes y medio atrás. Pensaba que podría traerle problemas a ella o...

Prefería evitar la vergüenza de aceptar el ser abusada.

-"Usted tiene la típica actitud de la mujer que es abusada y se avergüenza por ello...", dijo el galeno

Ella se sintió descubierta, como si ese hombre hubiera leído su cerebro, justo donde quería esconder esos detalles.

-"¿Alguien le dijo?", pensó en silencio.

Guardó silencio durante varios segundos que resultaban interminables.

-"Doctor, ¿usted conoce a mi esposo?", preguntó ella.

-"Me temo que no tengo ese placer Lorena... ¿crees que sería importante conocerlo?"

Ella bajó su vista y calló...

-"Ya veo", dijo él mientras escribía algo.

-*"Pero es un hombre bueno, yo no me puedo quejar... vivo en un buen apartamento, cómodo, mis hijos tienen todo...", Lorena hizo una pausa... "en realidad yo no he aprendido a evitar las confrontaciones... mi padre me decía que no me dejara"... quedó nuevamente en silencio.*

-*"¿Él te golpea?"*, preguntó mirándola fijamente.

Lorena sabía que ya para ese momento el doctor sabía exactamente lo que pasaba por su mente, se sentía atrapada. Ella sabía por su amiga Vanessa que, a pesar de estar en un sitio neutral, no había, en ese momento, leyes que la protegieran de una forma eficaz.

También, en su mente, ella no necesitaba protección. Raúl era un poco violento, pero no les haría "mucho" daño.

Prefirió no responder esa pregunta, pero tal vez no fue necesario...

-*"Entiendo que no quieras hablar de eso, entiendo que pueda causar algo de vergüenza, pero recuerda que podrías estar en peligro... y tus hijos también...", se detuvo por unos segundos mientras seguía mirándola... "debes tener un plan de escape, una forma de comunicarte con la policía o alguien que te ayude en situaciones de peligro... es muy importante", explicó el doctor con paciencia.*

Ella se mantenía en silencio, pero esta vez, las lágrimas empezaban a desbordar sus pobladas pestañas y ya alcanzaban sus mejillas en su camino hacia las comisuras labiales.

-"Voy a darte varios consejos Lorena, espero que los tomes y los sigas...", le dijo el doctor

-*"Primero, no te aísles, mantén siempre comunicación con tu familia y amigos, recuerda que el abusador siempre intenta aislarte en formas que a veces no puedes notar...",* hizo una pausa, como para dejar que ella lo pensara, *"segundo, mantén un plan de escape con tus hijos, porque, aunque muchas veces no pasa nada grave, en ocasiones los golpes escalan volviéndose más agresivas y en ocasiones... mortales".*

Dio la vuelta sentándose encima de su escritorio con media pierna para seguir hablando

-*"Por otro lado, debes reconocer que no es tu culpa, no importa lo que diga él, o como lo justifique... no es tu culpa",* seguía diciendo.

Ella continuaba en silencio, dejando salir ocasionalmente un sollozo que evidenciaba su tristeza.

-*"Mantén a la mano documentos importantes que podrías necesitar en el momento de un escape"*, seguía diciendo el doctor.

-*"Por último, busca ayuda legal también... en algún punto lo vas a necesitar"*, terminó diciendo.

Ella sintió que un valde de agua fría recorría su cuerpo, muchas de esas recomendaciones hacían sentido, pero en el fondo, quizá muy en el fondo ella tenía la idea de salvar su matrimonio.

Mas que por que lo amara, tal vez por sentir que sus hijos iban a crecer solos, sin la guía de un padre, en una familia fragmentada.

Sentía culpa

-*"¿Cree que debo intentar salvar mi matrimonio doctor?"*, preguntó ella

-*¿Crees que un matrimonio así sería sano para tus hijos?... solo tú tienes la respuesta Lorena.*

Él dio la vuelta nuevamente a la mesa y se sentó en la silla para escribir algunas notas. Lorena lo miraba como tratando de encontrar las respuestas que realmente ya habían sido respondidas.

-"*Cualquier cosa que decidas Lorena, solo espero que lo hagas pensando en esos dos pequeños que esperan que tú tomes las decisiones correctas... que confían solo en ti*", dijo el doctor Osorno.

El doctor Osorno le entregó una lista de teléfonos de la policía y el suyo personal por si algún día necesitaba ayuda adicional.

Ella los tomó y los puso justo en el mismo sitio de su cartera en que reposaba el número que Karl Rubbens le había dado para usarlo en caso necesario.

Sentía que muchos tenían la necesidad de protegerla, pero prefería pensar que era exagerado pensar en ese extremo...

-"¿Exagerado?", pensó en silencio mientras bajaba la vista.

{ 11 }

SEIS MESES DESPUES DEL DIA DE LOS HECHOS, AMENAZAS

Después de ese fatídico día de septiembre de 2004, Lorena intentaba poner en orden sus finanzas. Nunca desde que nació tuvo conocimiento de sus haberes, no tuvo necesidad o quizá...

Nunca fue conveniente entrar en ese tema.

Era una mañana cálida y húmeda en Santa Marta, por primera vez Lorena se sentaba con el gerente del banco local para discutir temas monetarios de la familia.

Todavía en su cuello había signos ineludibles de la violencia que vivió y que, por supuesto, como era normal en esa ciudad pequeña, Roberto Luis, el gerente, no era ajeno a la historia trágica que esas heridas contaban por sí solas.

Ya habían pasado varias horas tratando de desenredar el complicado entramado de cuentas de Raúl que se hacía más complicado teniendo en cuenta el total desconocimiento de sus finanzas de Lorena.

-"Señora Lorena, tengo que disculparme, pero ha resultado difícil aclarar las cuentas que su esposo tenía en este banco", le dijo Roberto Luis.

Mientras, se sentaba en la silla próxima a ella logrando mejor acercamiento ante lo que sería complicado de explicar.

Ella lo miraba con curiosidad, realmente estaba preocupada por el futuro de sus hijos, de hecho, la preocupación era mayor cada vez que llegaban las cuentas de administración y servicios de su apartamento.

Todos los cheques que hacía desde que volvió del hospital eran devueltos por falta de fondos.

Lo único en lo que tenía autonomía Lorena en su casa era la posibilidad de firmar cheques para esos menesteres, pero Raúl le había prohibido ir al banco por motivo alguno...

-*"Tú no debes preocuparte por nada en esta casa, solo de mantenerla limpia"*, decía Raúl cada vez que ella intentaba tomar control de la economía de su familia.

Ella lo tomaba como una forma de consentirla, de quitarle cargas de encima. Se acostumbró a ello, o tal vez no tenía opción diferente que aceptarlo.

Y así lo hizo.

En ese momento, ante esa situación, hubiera preferido no haber sido tan sumisa, al menos en ese aspecto. Se sentía desprotegida, no sabía si debía exigir más de ese banquero sentado a su lado y que obviamente estaba a punto de decir algo que no le agradaría.

-*"No hay ninguna cuenta en que su nombre aparezca legalmente habilitada para hacer cambios o movimientos señora Lorena"*, dijo Roberto Luis en tono compasivo.

Ella no entendía lo que oía, nunca tuvo la sensación de falta de dinero, siempre sintió la abundancia financiera, aunque no supiera como se movía.

-*"No es posible, yo firmaba los cheques de nuestra cuenta… nunca tuve problemas para ello"*, dijo Lorena un poco molesta con la situación.

-*"Lo siento señora… ni siquiera puedo darle más información"*, dijo Roberto Luis sin dar otros detalles.

Lorena entendió que esa puerta estaba cerrada, que debía moverse en otras direcciones. De hecho, ya habían pasado muchos meses mientras estaban en el hospital recuperándose ella y su hijo después de ese fatídico día.

Fue apresurada a su apartamento, sería la primera vez que volvía después de salir del hospital… necesitaba encontrar los documentos del apartamento para iniciar un proceso de venta del inmueble que le ayudara a salir adelante con sus hijos.

Para ese momento Raúl Jr. y Daniel estaban bajo el cuidado de su madre en Medellín y ella viajaría después de aclarar los temas económicos de los que dependían en adelante.

Al llegar al edificio, su corazón se aceleraba. Era una sensación por demás misteriosa, como si fuera observada…

Vigilada.

-*"¿Hacia dónde se dirige doña Lorena?"*, preguntó Juan Guillermo, vigilante del edificio.

-*"¿Cómo así?"*, preguntó con algo de indignación Lorena, *"pues para mi apartamento... ¿para dónde más iría?"*.

-*"Creo que debe hablar con don Pedro... su cuñado, hermano de don Raúl"*, sugirió el vigilante.

Lorena reaccionó con mayor indignación y algo enojada, caminó hacia el ascensor y subió al piso 14... su piso.

Sacó las llaves de su apartamento y no lograba insertarlas. Reacomodaba una y otra vez la llave sin éxito, uso otras llaves que encontró en su cartera, aunque sabía que no eran para esa puerta.

Por varios minutos estuvo parada en esa puerta incrédula, sin saber que hacer...

A quién recurrir.

Bajó en el ascensor nuevamente a la portería. Al abrirse las puertas del ascensor, se encontró de frente con Pedro, el hermano de Raúl.

Ella sintió cierto alivio, aunque no había mucha cercanía real entre ella y la familia de Raúl, más relacionado con el aislamiento a la que Raúl la sometía que por decisión de ella.

Pedro se veía un poco esquivo y ella lo notó...

-"¿Qué está pasando, Pedro? ¿por qué no he logrado entrar en mi aparta-mento?" dijo ella en tono altanero.

-"Lorena, perdona, yo no tengo mucho que ver, probablemente tú no lo sabías, pero mi hermano no tenía nada a nombre tuyo y mi madre te está culpando a ti por lo que pasó... además hay compromisos serios que Raúl adquirió con gente que no perdona la falta de pago", explicó Pedro con voz titubeante.

-"¿Qué gente Pedro... de qué hablas?", preguntó Lorena con extrañeza.

-"Es mejor que no sepas más Lorena", dijo el dejando una pausa... *"ese apartamento ya no es tuyo... es lo único que puedo decirte",* terminó mientras salía presuroso del lugar.

Lorena sintió que un valde de agua fría caía sobre ella... lo esperaba todo de Raúl, pero...

Después de sentarse nuevamente en su auto, sintió que tocaban su ventana. Era Emilia, la fiel Emilia, que había sido testigo de todo, que siempre conservó un cariño especial por Lorena y sus hijos.

Antes de que Lorena pudiera hablar, Emilia le entregó una bolsa pesada, envuelta de forma desordenada mientras le hacía seña de guardar silencio con su dedo en la boca.

-"Señora Lorena tengo que irme de aquí, me han estado llamando para que devuelva esto que la acabo de entregar y me han dado plazo hasta mañana con amenaza de hacerme daño si no lo entrego, pero esto es suyo mi señora, y creo que es lo único que le va a quedar... la familia de don Raúl se ha llevado todo, hasta las paredes rompieron buscando... no sé qué...", dijo Emilia antes de alejarse corriendo, como perseguida.

Lorena estaba ahora más confundida... ¿qué estaba pasando desde el día que entro a ese hospital?, ¿por qué la familia de Raúl nunca la visitó ni a su hijo mientras estuvo ahí?, ¿cuál era la historia detrás del apartamento y de las cuentas a las que no tenía ningún acceso?, ¿a qué se refería Pedro con que su madre la culpaba de lo sucedido?, ¿qué le entrego Emilia a escondidas?... muchas preguntas rondaban su cabeza...

Ninguna respuesta...

Decidió alejarse en su auto de ese lugar, no quería estar expuesta a lo que además no sabía, pero le temía.

Después de conducir por varios minutos, parqueó su auto en un centro comercial.

Aseguró las puertas y tomó el paquete que le había entregado Emilia minutos antes.

No podía creer lo que veían sus ojos... esa empleada del servicio había demostrado el cariño que le tenía después de tantos años de servicio.

En ese paquete estaban todas las joyas de alto costo que Raúl le había regalado durante el matrimonio. Dentro del paquete había una nota...

-*"Señora Lorena, después de ese día, mientras usted estaba en el hospital, su suegra en compañía de unos hombres que yo no conocía llegó al apartamento, su madre ya se había llevado a Daniel a quien cuidé como si fuera mi hijo mientras usted no estaba, hablaban de que el apartamento ya no era suyo, que todo lo que había era de ellos... disimuladamente escondí todas sus joyas corriendo el riesgo de ser acusada de robo y no me arrepiento. Esas joyas le pertenecen a usted. Debe saber que tumbaron el apartamento entero buscándolas, me amenazaron con acusarme por robo, me siguieron cada vez que salía, me hicieron sentir mal. Cuídese mucho, esa gente es mala. Yo estaré escondida por un tiempo hasta que me sienta segura, le deseo que Dios la proteja y proteja a Raúl Jr. y Daniel.*

"Los quiero mucho Emilia"

Lorena empezaba a entender lo que sucedía. No había un camino fácil para ella, sentía que no tenía a nadie, porque no cultivó amigas y se alejó poco a poco de su propia familia... por Raúl. Llegando a la casa de su tía, donde recibía posada por unos días, sintió que la llamaban desde dentro...

-"Lorena te llaman por teléfono, no dicen quién llama, solo que necesitan hablar contigo", decía su tía desde dentro de la casa.

Lorena entró rápidamente, disimulando el contenido del paquete que contenía las joyas.

-"¿Quién es?", dijo con premura.

-"Lorena, no importa quién soy, lo importante es que sepas que debes entregar esas joyas, su costo es alto y el dinero lo necesitamos para cubrir algunas deudas de Raúl... deudas que no pueden dejar de pagarse porque involucran a su familia... y a ti, Lorena, incluyendo a tus hijos... para buen entendedor pocas palabras", decía amenazante el hombre al otro lado.

-*"No sé de qué joyas me habla señor"*, respondió Lorena con temor.

-*"Es mejor que lo sepa... queda advertida... no tenemos mucha paciencia"*, dijo el hombre.

La llamada terminó sin una despedida... fría.

Lorena entendía que nada de lo que pensaba que tenía era cierto, que había muchos detrás de los restos que quedaban y que detrás de Raúl había negocios que no parecían ser del todo legales y peor...

Ella estaba involucrada sin saberlo.

Casi sin explicar nada a su tía, tomó el próximo vuelo a Medellín, donde fue recibida por su madre y sus hijos.

No debió explicar mucho a su madre ya que ella misma había recibido amenazas si Lorena no entregaba el automóvil y las joyas.

Después se enterarían de que el automóvil que Lorena dejó en casa de su tía fue tomado sin autorización... durante la noche y sin posibilidad de encontrarlo.

Al día siguiente, Lorena vendió presurosa las joyas en una joyería de la ciudad por las que recibió suficiente dinero para costear un escape a Estados Unidos y mantenerse con limitaciones durante tres meses...

Y así lo hizo.

{ 12 }

Dos años después del día de los hechos, West Palm

Escondida detrás de una lavadora trataba de evitar cualquier ruido que delatara su presencia en esa inmensa mansión de West Palm Beach.

Se escondía de uno de los sobrinos del anciano señor Galpón, otrora empresario de éxito, ya en uso de su fortuna para disfrutar de un lujoso retiro.

Mientras se encontraba sin moverse, en absoluto silencio, casi sin respirar en ese cuarto caliente de lavandería, pensaba en su situación.

Manuel, sobrino preferido de aquel anciano, era un personaje de unos cuarenta y cinco años, casado, pero definitivamente con especial afinidad con muchas mujeres, que se adjudicaba el derecho de acosarla desde que entró a trabajar como empleada del servicio doméstico.

Lorena había llegado pocos meses antes a la Florida, ese año 2006, en compañía de sus hijos y una maleta llena de pesares, angustias y miedos.

Sin una profesión, apenas habiendo culminado estudios de secundaria justo antes de salir de su hogar para seguir a Raúl, además, sin saber el idioma inglés, y probablemente sin haber adquirido habilidades para oficios específicos, en un país muy diferente, pero con el sueño de dejar atrás el horror, el miedo, no solamente propio...

Pero de sus hijos

Los aterradores hechos de ese día, un día como nunca, la perseguían cada noche, no la dejaban descansar, a pesar de la distancia de todo el mar Caribe de por medio.

Temía, sin decirlo, que Raúl Jr. Y Daniel, también tuvieran los mismos sentimientos, no sabía cómo ayudarlos, no encontraba el camino... pero los sentía distantes, como si tuvieran un resentimiento por la vida, por momentos sentía que sus miradas la culpaban a ella por lo vivido.

Pero siempre se mantenían en un silencio ensordecedor.

Fueron aceptados en la escuela pública para continuar sus actividades escolares y notablemente mantenían buen rendimiento escolar.

Lorena no logró encontrar otro trabajo, pero debía llevar el pan a la mesa. Los niños crecían y así crecerían sus necesidades.

-"*¿Has visto a Lorena, la empleada nueva?*", preguntó Manuel presuroso a Oscar con cierto acento cubano.

Oscar era el cocinero de aquella mansión, ya sabía de las intenciones de Manuel, pero también ya para ese momento sabía que Lorena era una mujer correcta, de principios firmes y, aunque él ya había vivido la misma situación con otras empleadas anteriores que terminaron sucumbiendo a los encantos monetarios de aquel hombre, estaba seguro de que no sería el caso con Lorena.

-"*Ella no está en esta área señor, de hecho, debe estar en el segundo piso limpiando*", respondió Oscar.

-"*¿Estás seguro?*", preguntó nuevamente Manuel algo incrédulo

-"*Si... además sentí a su esposa buscándolo hace poco señor*", le respondió en forma algo desafiante.

Oscar tenía la confianza absoluta de su real jefe, el anciano señor Galpón, un hombre elegante y de buenos modales, un caballero a carta cabal. Eso le permitía ser ocasionalmente duro con Manuel.

Manuel se alejó no sin antes echar un vistazo alrededor.

-*"Ya puede salir señorita"*, dijo Oscar mirando directamente el sitio de escondite de Lorena.

-*"Perdón por haberme escondido señor Oscar, no es que le esté huyendo al trabajo, es que..."*, fue interrumpida por Oscar.

-*"Se exactamente la situación Lorena, llevo muchos años en este sitio... sé lo que este bastardo quiere"*, dijo Oscar con una familiaridad que hizo que Lorena sintiera cierta seguridad.

Todos los días debía lavar los baños, limpiar la cocina y preparar la casa para banquetes y celebraciones que ocurrían casi cada semana.

No se le hacía fácil llegar temprano desde el sur de la ciudad hasta la mansión debiendo antes preparar a sus hijos para la escuela incluyendo ropa limpia, pequeños emparedados para su lonchera y dejar el almuerzo ya hecho y listo para calentar por sus hijos a la llegada del colegio.

El automóvil que logró adquirir con un préstamo, que resultaba costoso por no contar con un crédito en el país, tenía muchos años de antigüedad y frecuentemente fallaba en medio de las presurosas calles de Miami, por lo que evitaba las autopistas en lo posible.

El trabajo que tenía era algo a lo que no estuvo nunca acostumbrada, pero fue el camino que escogió para ella y sus hijos y estaba determinada a continuar luchando por construirlo.

El sueldo que se le pagaba no era muy bueno, pero le alcanzaba para pagar un pequeño apartamento en el que se acomodaron, no sin problemas.

Cada día, se convertía para ella una tarea difícil, no solo el lograr llegar temprano, ni aprender las labores de aseo y cocina, pero más, esquivar las pretensiones de Manuel, que ya para ese momento parecían más una obsesión.

El día en que cumplió tres meses de trabajo en aquel lugar, fue encontrada por Enrique, el mayordomo, que también era colombiano de origen, escondida detrás de un árbol, mientras Manuel se acercaba como buscándola.

-*"¿Ha visto a la empleada Lorena Enrique?"*, preguntó mientras seguía buscando. Enrique, a pesar de que ya la había visto hizo un gesto como de quien ayuda en la búsqueda antes de responder...

-*"Solo la vi en la mañana para planificar el día Don Manuel, acá en el patio no la he visto... ¿quiere que le diga algo si la veo?"*, preguntó Enrique.

-*"Si... ¡que me busque cuanto antes!"*, le respondió.

-*"¿Para algo específico don Manuel?"*, preguntó Enrique con cierto morbo que caracterizaba su voz por momentos.

-*"¿Qué le importa?"*, respondió con algo de altanería Manuel mientras se alejaba entrando en la casa.

Al alejarse Manuel, Lorena salió de detrás del árbol y se acercó a Enrique mientras se aseguraba de que Manuel no se devolviera.

-*"Estoy desesperada Enrique, ese hombre está siempre detrás de mí. La esposa me mira feo, yo necesito este trabajo, pero ya no aguanto más esta presión"*, dijo ella en voz baja.

-*"Ya sabemos lo que quiere para que se quede tranquilo y hasta te podrían subir el sueldo...",* dijo Enrique con sarcasmo.

-*";Qué debo hacer?",* le preguntó ella como tratando de entender lo que sugería.

-*"Pues fácil mujer... déselo... así se lo quita de encima y hasta le suben el sueldo, jajaja",* dijo el aumentando el tono sarcástico.

El comentario cayó como un vaso de agua helada en ella, no podía creer lo que oía...

-*"Prefiero renunciar",* le dijo ella

Mientras tanto, se alejaba rápidamente para continuar en sus labores en aquella mansión.

-*"Necesito este trabajo, pero voy a tener que renunciar si esto sigue así",* pensaba ella.

{ 13 }

Un salvavidas

Mientras la vida de Lorena transcurría en un intento por sobrevivir en Estados Unidos, sacar adelante a sus hijos en un mundo lleno de oportunidades, ella esperaba contar con una de esas oportunidades.

La jornada de ese día transcurrió como cualquiera de otros, pero al llegar a su casa, encontró a Raúl Jr. con fiebre y lo que parecía una infección en la piel de la cara con mucho dolor.

Ella quería llevarlo a la emergencia de un hospital, pero la detuvo el pensar que no tenía la posibilidad de un seguro médico y mucho menos de pagar una posible cuenta de atención.

A través de uno de los pocos amigos con que contaba en esa ciudad, logró contactar el teléfono privado del doctor Carmelo Restrepo, quien después de culminar sus estudios en Colombia, se había especializado en Nueva York.

Sin dudarlo, el doctor Restrepo le ofreció ver a Raúl Jr. en su casa inmediatamente.

Pasadas las nueve de la noche de ese día, el ahora joven Raúl Jr. recibía una prescripción para tomar antibióticos y analgésicos para aliviar el dolor de la infección que ya acaparaba gran parte de su nariz y cara.

-"*¿Cuánto le debo por la consulta de mi hijo?*", preguntó Lorena.

-"*Solo prométame que cuando tenga éxito en este país, va a ayudar a otras personas que lo necesiten*", respondió el doctor Restrepo con una sonrisa que dejaba notar pequeños agujeros naturales a cada lado de sus cachetes.

Ella lo percibió como un médico serio, amante de su profesión, llamaba su atención el estilo lento y pausado, con paciencia para oírla, sospechaba que leía su mente, desnudaba su pensar con una mirada.

Principalmente pudo notar que cada palabra que decía hacía sentido. Lo percibía inteligente.

-"*Gracias doctor Restrepo, significa mucho para mí, porque en este momento no tengo como pagarle*", le dijo ella.

-*"Algún día lo harás Lorena, créeme... a través de otras personas"*, dijo el con una amabilidad que ella sentía diáfana.

Él la miraba como queriendo entender su naturaleza, su espíritu...

Y lo lograba.

-*"Sé lo que es ser inmigrante en este país, pero no me imagino lo que sería serlo sola con dos hijos"*, dijo *"veo en tus ojos una tristeza profunda, la historia de sufrimiento que tal vez te llevó a dejar atrás todo y buscar este horizonte nuevo, créeme que cuanto pueda hacer para apoyarlos, lo haré sin titubeos"*, terminó diciendo.

Pasaron varios días en los que Raúl Jr. terminó su tratamiento con una mejoría rápida y pudo volver a sus labores escolares.

Por su parte el doctor Restrepo, logró algunos contactos que podrían ayudar a Lorena a entrar a la escuela de enfermería.

Lorena apenas salía de su trabajo casi a las seis de la tarde ese día, sentía el cansancio de la limpieza de baños y cocina de esa mansión que el día anterior había albergado una elegante recepción a Mr. Villamizar, cónsul de Turquía en Colombia y su esposa.

-*"Rinnng... Rinnnng"*, sonaba el teléfono celular de Lorena mientras conducía su auto.

-*"Aloooó"*, respondió ella.

-*"Hola Lorena, te habla el doctor Restrepo quiero decirte que logré contactar a un amigo que tiene un cargo importante en una escuela de enfermería, le pedí el favor que considerara apoyarte para cursar la licenciatura en esa carrera paramédica"*, le dijo.

-*"Gracias doctor, pero creo que no podría hacerlo porque no hablo bien el idioma inglés, y no quiero quedarle mal"*, le respondió ella.

-*"La decisión es suya, pero debo decirle que no importa cuál sea su historia de vida, el futuro se construye no solo con esfuerzo, sino con el esfuerzo en la dirección correcta"*, dijo el doctor.

-*"No creo que sea capaz de lograrlo doctor"*, dijo ella tímidamente.

Ella percibía la conversación del doctor bastante rígida, casi sin permitir excusas, aunque sentía cariño en sus palabras... un interés legítimo por ayudarla a salir del hueco en que se encontraba.

Sin embargo, nunca antes alguien había depositado tanta confianza en que ella lograría sacar adelante una carrera que le ofreciera la plataforma, no solo para lograr algún día que sus hijos fueran a la universidad y se batieran codo a codo con el resto de los jóvenes de su edad, pero también la satisfacción de sentirse una mujer profesional... Realizada... plena.

-"Vea Lorena, sé que tiene muchas excusas para no hacer esto, pero ninguna le servirá cuando usted se pregunte a sí misma que camino debió tomar en el momento en que podía cambiarlo...", hizo una pausa antes de seguir, *"va a tener que trabajar en el día y estudiar en la noche, va a sufrir de hambre y sueño durante los próximos tres años, pero quiero que levante los ojos y se vea dentro de esos tres años"*, guardó silencio.

-"¿Qué debería ver?", preguntó ella con los ojos enrojecidos que ya dejaban caer una lágrima.

-"Yo veo una mujer con capacidades que nunca tuvo la oportunidad de mostrar, que venció el miedo escondido en excusas para no hacer lo correcto con su vida, que multiplicó su sueldo por diez veces, que logra comprar una casa para acomodar a sus hijos... pero más que eso... veo unos hijos orgullosos de una madre que dejó de lado sus miedos para hacer lo que debía hacer sin utilizar excusas... eso es lo que veo", le respondió el doctor.

-*"¿Por qué hace esto doctor?"*, preguntó ella con curiosidad.

Mientras esperaba una respuesta, ella no dejaba de pensar...

-*"Nunca antes alguien había apostado por mí de esta forma, ¿será que yo valgo la pena para ese apoyo?... ¿por qué lo hace?"*, pensó en silencio con el teléfono pegado a su oído.

-*"Porque de alguna forma... alguien lo hizo por mí también, por eso le hago prometer que usted apoyará a otra persona... ¡sin excusas!"*, le respondió el doctor.

El doctor Restrepo le envió por mensaje de texto el nombre y número de teléfono de la persona que debía llamar.

Lorena fue aceptada en la escuela de enfermería... vendrían tiempos difíciles.

El préstamo que se le aprobó por parte de la escuela le hacía temblar, y aunque era subsidiado por el gobierno, debía culminar sus estudios y graduarse para acceder a algún tipo de condonación parcial o total de la deuda.

Sin que ella lo supiera, el doctor Restrepo seguía de cerca sus logros académicos, sabía que podía desfallecer en cualquier momento... como ciertamente sucedió, ya sea por cansancio físico, mental o situaciones que resolver con sus hijos. Pero cada vez que eso sucedía, el doctor Restrepo, sin que ella lo notara, ofrecía su apoyo.

La situación de Lorena y su familia se complicó en la medida en que ella ocupaba más tiempo entre trabajo y estudio, exámenes, pruebas, prácticas en hospitales.

Se sumergió en un mundo que no conocía, pero que le cautivaba cada día más, empezaba a respirar ciencia, pero más aún, esa carrera le ofreció la posibilidad de poner en práctica algo que ya ella llevaba dentro de sí, pero que simplemente no lograba implementar...

"Evitar o aliviar el sufrimiento humano".

Parecía descubrir, cada vez más, porque personas como el doctor Restrepo habían dedicado tantos años de estudio y dedicación a una carrera médica.

Empezaba a identificarse con un mundo que, si bien era nuevo para ella, sentía como si lo hubiera deseado sin saberlo... Se estaba enamorando de la carrera de enfermería.

Desde ese momento, a pesar de todo, su vida cambió para siempre, una luz nueva llegó a su existencia, se sentía mejor persona, quería ya dedicarse a ello, no perder más tiempo, empezar a reescribir su historia...

"La nueva razón de su vida".

Sus hijos, por su parte, también veían un cambio en su madre... empezaban a ver una mujer diferente en ella.

Era ya... una mujer diferente.

Los hijos

A pesar de los esfuerzos que Lorena hacía por mantener la armonía en su hogar, el camino que eligió de hacer un inmenso esfuerzo por cambiar su destino, le pasaba también factura en la relación con sus hijos Raúl Jr. y Daniel ya bordeaban la difícil etapa de adolescencia que, sin importar la situación particular, está llena de cambios hormonales y mentales.

Raúl Jr., de inteligencia que sobrepasaba el promedio, se dejaba llevar por sentimientos de ansiedad que le causaban incertidumbre y dolor.

Llevaba en su cuerpo las cicatrices de la muerte.

Una muerte de la que se salvó gracias a la pericia de los cirujanos que lo atendieron aquel día de los hechos.

Por momentos se preguntaba si valía la pena pasar por tanto sufrimiento y carencias, no sentía el cariño sincero de un padre, por el contrario, el significado de un padre para él era algo desconocido, adverso, malvado...

Sin piedad.

Ocasionalmente, por la mente de Raúl Jr. se cruzaba el culpar a su madre de no haber hecho suficiente por evitar lo sucedido ese día. En esos momentos, su memoria borraba completamente las golpizas que presenció en su niñez.

Tal vez no quería acordarse.

Sin duda, este maremágnum de pensamientos que atravesaban su joven cerebro lo atormentaban.

Ante la ausencia de Lorena en su casa mientras corría entre un trabajo arduo como empleada del servicio y las obligaciones de la escuela de enfermería, Raúl Jr. Y Daniel, empezaron a su vez a perder el rumbo de su propia vida en medio de la inmadurez de adolescencia, agravada por el turbio recuerdo de un pasado que los perseguía silenciosamente.

Ellos rechazaron una y otra vez el tratamiento con psicólogos, quizá no era un rechazo, probablemente no entendían la situación... lo sucedido el día de los hechos confundía a todos...

Aún después de muchos años.

Raúl Jr. Llevaba dentro de su espíritu un sinsabor que escondía rencor, insatisfacción, rabia, y temores que no cesaban, no lo abandonaban, pero que tampoco entendía en su mente inmadura.

Daniel, por su parte, recordaba vagamente lo sucedido el día de los hechos, pero por alguna razón lo afectaba, como si tuviera que estar envuelto, sin haberlo pedido, en un cambio forzado de su vida, de su tienda de campaña del cuarto, de Emilia obligándolo a comer, de su abuela que lo visitaba de vez en cuando con regalos. Sentía que, aunque pudiera llorar, no valía la pena...

-"A nadie le importa", pensaba.

El guardar un silencio de sepulcro era una forma de proteger su secreto de dolor...

De horror.

Sus lágrimas no eran oídas, la vida les cambio de un día a otro sin siquiera entenderlo.

Súbitamente se encontraban en un país desconocido, lejos de sus amigos cercanos, de su colegio, de sus tíos, de sus abuelos...

De su identidad...

Cada día de ir al colegio en Miami, se volvía pesado, poco placentero. No porque los colegios no eran parecidos a lo que conocían, sino porque dentro de sus espíritus no había espacio para la esperanza, el cambio, la confianza.

Raúl Jr. cayó en un estado de ansiedad que era difícil de apaciguar... la angustia recorría su cuerpo, pero él no entendía por qué.

El doctor Restrepo lo entendía y, aunque a veces lo trataba con dureza, guiaba muchos de sus caminos para enderezar aquel árbol que había torcido su raíz sin comprender aún, porque el destino lo empujaba hacia un abismo profundo en el que realmente no quería caer.

-*"El doctor es un Hitler"*, decía frecuentemente en sus conversaciones.

Raúl Jr. no conocía la razón de esa dureza, por momentos pensaba que simplemente no le caía bien, pero le llamaba la atención que sin importar en qué situación difícil se encontraba...

Siempre podía contar con él como un apoyo...

Nunca le falló.

Al pasar los años, ya con la madurez del adulto joven, entendió que el camino duro y difícil durante su adolescencia tardía y adultez temprana le enseñó al doctor Restrepo que debía apoyar el andar de otros jóvenes en tiempos difíciles, así como él mismo fue apoyado por un extraño para lograr el pago de su primer año de la escuela de medicina sin pedir nada a cambio.

-*"Nunca me pidió nada a cambio"*, pensaba Raúl Jr. mientras se inscribía en la escuela de ingeniería años después..., *"solo que estudie"*.

Raúl Jr. se convertiría más adelante en un prominente ingeniero. Su vida cambió...

Aunque nunca más tuvo contacto con el doctor Restrepo, en su corazón guarda el agradecimiento, que le enseñó que, a pesar de las dificultades, siempre hay alguien que te da la mano...

El primer eslabón en la escalera para alcanzar tus sueños.

Por otro lado, Daniel tuvo muchas dificultades para encontrar su camino.

Se refugiaba en ráfagas de depresión y rabia con la vida, con casi todo lo que lo rodeaba. Para Lorena, era complicado descifrar la forma de ayudarlo...

Vivía en rebeldía permanente con la vida, sin que se lograra explicar la razón. Él aún era muy niño cuando los hechos sucedieron y probablemente entendía la situación menos que su hermano.

Su rencor era interno, poco demostraba sus sentimientos a otros, se guardaba con recelo su dolor. Empezaba a comparar su situación con la de muchos de sus compañeros de colegio.

En su mente juvenil guardaba imágenes no claras de violencia en el hogar, casi desde que tenía memoria.

Aunque jamás lo expresó, probablemente la imagen que nunca lograría borrarse sería la de su hermano sangrando a borbotones....

Muriendo.

Con el tiempo, logró encontrar su camino en el mundo de la informática, los programas de computador y videojuegos.

Le costaría mucho más confiar en las personas, pero con la ayuda de la poca familia y amigos con las que compartía, fue reparando su espíritu que muy probablemente...

Nunca sanaría completamente.

{ **15** }

La graduación

Lorena lucía hermosa, un traje blanco ajustado a su cuerpo, que, a pesar del desgaste de los años que venían pasando, se veía armonioso.

La cofia se veía perfectamente encajada en su pelo. Sus labios gruesos habían perdido en parte el miedo de dejar ver una sonrisa amplia, sincera.

Sus ojos brillaban como luceros que esperan la noche para ser vistos.

A pesar de la alegría que la embargaban, sus ojos parecían intentar infructuosamente contener unas lágrimas que se asomaban causando humedad en su nariz.

Eran lágrimas de felicidad... de orgullo.

Su madre y sus dos hijos serían los únicos acompañantes en ese momento tan importante para ella, no solo porque ese día marcaría el cambio de su vida para siempre, pero también porque se convertía en la reivindicación de un tiempo perdido que, en ese momento, mágicamente, ya no recordaba...

Se puso una bata blanca impecable encima de su vestido y peinó su pelo alrededor de la cofia con la ayuda de su madre. Apenas terminaba de arreglar su pelo y mirar el discreto maquillaje en su cara cuando oyó desde el frente del auditorio...

"¡Gaitán Lorena...Registered Nurse...!"

El llamado en alta voz retumbaba en los oídos de Lorena.

Debía caminar hacia la tarima instalada enfrente del auditorio, donde la esperaba un diploma enrollado en un lazo con los colores de la bandera de los Estados Unidos, un libro de código de conducta de la enfermera y una medalla que la destacaba como una de las mejores estudiantes de la promoción.

Lorena no lograba coordinar sus pasos para llegar al frente.

Había luchado tres años entre su trabajo, las obligaciones escolares, tareas, guardias de práctica, rotaciones interminables y exámenes que la mantenían muchas veces sin dormir noches enteras.

Aunque sabía que lo había logrado por su propio esfuerzo, nunca había tenido esa sensación del orgullo propio antes. Probablemente nunca sintió que mereció algo tanto como en ese momento.

Cada paso que daba hacia la tarima no podía evitar pensar en las personas que le facilitaron el camino hacia ese punto... Súbitamente paró su andar...

-"Debo llamar al doctor Restrepo, él creyó en mí... en el momento en que no tenía nada... ni siquiera hablaba inglés... debo avisarle, debo agradecerle...", pensó en silencio.

Sin embargo, ya para ese momento era muy tarde, todos sus profesores la esperaban con el decano para entregarle lo que, a pulso había ganado...

Su diploma.

Por un segundo dio la vuelta solo para darse cuenta de que sus hijos la miraban con orgullo, no parpadeaban sus ojos para no perder ni un segundo en el andar de una madre que nunca se rindió, que luchó para defender a sus hijos empezando el mismo día de los hechos, pero también protegerlos de las consecuencias, protegerlos también de sus mismos pensamientos.

Del daño irreparable de ese fatal día.

El tiempo había pasado para todos, pero no curaba las heridas, y sabían que probablemente nunca lo harían, pero ese día, ese momento, era un bálsamo en medio de tanto dolor...

Era como una pelea, para vencer a Goliat, que, a pesar de haberle torcido el brazo, a pesar del cansancio, el sudor y la falta del aire para respirar...

Todavía faltaba tumbarlo al suelo.

Su madre no paraba de llorar, sus ojos se enrojecían con lágrimas que salían con cada paso de su hija hacia esa tarima.

Tal vez, en ese momento, por primera vez sintió un orgullo profundo por lo que ella había logrado, pero también la abrazaba una sensación oscura de haberle fallado, de no haber sido capaz de evitarle ese paso por momentos tan dolorosos, que los sentía en carne propia. Cerraba los ojos y pasaban por su mente imágenes de ese día...

-*"Debí estar ahí para protegerte hija, te fallé"*, pensaba en silencio mientras secaba sus lágrimas con una servilleta.

Al acercarse Lorena a la tarima de premiación, las caras de sus profesores le tranquilizaban el andar, se sentía progresivamente más relajada. Uno a uno le extendían la mano para felicitarla por su grado como enfermera registrada.

-*"Es un sueño"*, pensaba ella.

Avanzaba de uno en uno mostrando una sonrisa especial, una sonrisa que enamoraba, que empatizaba.

Al final de la fila de saludo estaba precisamente el doctor Almanza, quien tres años atrás, a pedido del doctor Restrepo, había materializado su entrada a la escuela de enfermería, y creyó en su potencial para cursar exitosamente el entrenamiento...

A pesar de no saber inglés en ese momento.

Lorena le extendió la mano con fuerza, como mostrando el agradecimiento que se merecía.

Él fue el encargado de entregarle el galardón especial por ser la alumna más destacada de la promoción...

-*"Tenía razón el doctor Restrepo, es usted la alumna más destacada de la promoción... estoy orgulloso de usted"*, dijo mientras le entregaba el galardón.

La mano le temblaba cuando recibía esa distinción, no lo podía creer... era realmente como un sueño.

Cuando miró los ojos de aquel hombre, no pudo evitar que las lágrimas invadieran sus ojos y ligeros sollozos que apenas lograba disimular, escapaban espontáneamente.

-*"Extraño a mi padre en este lugar... estaría orgulloso de mi"*, pensó.

Mientras caminaba de vuelta a su silla, donde la esperaban su madre y sus hijos, escuchaba los aplausos del auditorio que desbordaban sus sentidos, como si no pudiera comprender que alguien se tomara el trabajo de aplaudirla.

El camino de vuelta a su silla parecía interminable, ella no estaba acostumbrada a ser el centro de atracción...

Pero ese día lo era.

Ya al lado de los suyos, el encuentro se volvió un abrazo en el que se fundieron los sentimientos de amor, de perdón, de alegría, de entender sus propios sufrimientos bajo el suave sentir de que la victoria de uno de ellos se convertía en la victoria de todos.

Días después recibiría una llamada del hospital local...

-"Enfermera Gaitán... le hablamos del hospital local, recibimos una recomendación de usted para una posición como enfermera con pago de su salario, más prestaciones y seguro médico, queremos saber si aceptaría nuestra oferta para empezar tan pronto como mañana", le dijo la interlocutora al teléfono guardando silencio como dejando saber que no colgaría sin saber su respuesta.

-"Es mi sueño empezar mi carrera en un hospital como el suyo señorita gracias por la oferta y estaré ahí mañana", respondió Lorena.

Mientras respondía pensaba en la buena suerte que la acompañaba de encontrar una posición tan rápido apenas graduándose, sin experiencia laboral.

-*"¡Espere!... ¿puedo hacerle una pregunta?"*, dijo Lorena.

-*"Claro, dígame"*, respondió su interlocutora.

-*"Dijo que yo había sido recomendada... ¿quién me recomendó, puedo saberlo?"*, preguntó ella con curiosidad.

-*"Nunca nos dicen, pero creo que fue el doctor Restrepo, miembro de la junta directiva en este hospital, él hace esas cosas.... parece que le tiene aprecio, acá no aceptamos a nadie que no tenga más de dos años de experiencia... bienvenida enfermera, nos vemos mañana"*, respondió la interlocutora.

-*"Siempre voy a ayudar a alguien... así quisiera el doctor Restrepo que le pagara por lo que hizo conmigo y con mis hijos"*, pensó.

Lorena nunca volvió a saber del doctor Restrepo, aunque sabía que dondequiera que estuviera, estaría orgulloso de haber sembrado en ella la semilla de la educación para salir adelante, aunque esa semilla necesitara más tiempo y esfuerzo para volverse un árbol grande y fuerte, uno que le diera sombra a sus hijos y nietos por venir.

Sentía que nunca había agradecido lo suficiente... y tal vez así fue.

Pero entendió que para el doctor Restrepo era más importante que ella, con sus alas ahora reparadas, se convirtiera en ángel para otras personas...

Y así lo haría...

{ **16** }

Un sueño profundo

El día de su graduación no solo sentía la felicidad de haber culminado un camino difícil sin apenas conocer el idioma, debiendo trabajar largas horas para lograr pagar las obligaciones que crecían a medida que sus hijos también lo hacían.

Era también la satisfacción de renunciar a un trabajo como empleada doméstica donde debía cada día evitar los deseos de un hombre que la asediaba como desconociendo su derecho al respeto, a la decencia.

Con sus hijos llenos de orgullo, decidió gastarse unos cuantos dólares en un pequeño restaurante, que , aunque italiano de nombre, era evidentemente de origen cubano, no muy costoso pero que representaba mucho para ella.

Como siempre lo hacía, camino a la escuela de enfermería, pidió una sopa caliente, que le permitía reducir los costos de alimentación, mientras sus hijos probaron los platos especialidad de la casa.

Fue una tarde mágica con ellos, el orgullo era evidente, la miraban con ojos de amor profundo por su progenitora.

Después de una larga conversación que nunca antes había podido mantener con sus hijos, ahora ya mayores, se dirigieron a la pequeña casa que servía de refugio a la familia y que ella sentía como un palacio.

No debió atender las labores pendientes de la casa porque sus hijos le ofrecieron hacer todo lo que estuviera pendiente para que ella solo se recostara y descansara... una especie de tributo a lo que habían visto en aquella ceremonia.

Lorena fue a su cuarto. No sabía cómo interpretar los sentimientos que le embargaban, se sentía exhausta, pero a su vez con una satisfacción que no entendía.

Por momentos los sollozos que trataba de evitar se escapaban sin que pudiera detenerlos, eran sentimientos encontrados.

Tomó con su mano la pijama y se sentó en el borde de su cama...

Pasaban por su mente momentos de su juventud, en su colegio, escondiéndose con sus compañeras de sus profesores, riendo a carcajadas por cualquier motivo.

Era capaz de verse a sí misma jugando con sus hermanos, saltando...

-*"En verdad yo era feliz en mi casa"*, pensó.

Cada segundo le costaba más trabajo concentrarse en su propio pensamiento de esos momentos tan felices de su vida...

Quería seguir pensando.

Se recostó de medio lado como para no interrumpir su pensar antes de ponerse la pijama... por un momento su mente se quedó completamente en blanco, la invadió una sensación de intranquilidad...

De desasosiego.

No lograba liberarse de ese sentimiento, como si estuviera atrapada en una nube... oscura.

Súbitamente despertó en una ambulancia que se movía a alta velocidad con una sirena que sonaba sin dar tregua, un hombre con bata blanca estaba justo a su lado empujando su pecho en forma repetida y rápida... una máscara cubrió su boca y nariz justo al mismo tiempo que una enfermera invadía la vena de su brazo izquierdo con una aguja...

-*"Uno... dos... tres...cuatro... cinco", "Uno... dos... tres...cuatro... cinco"*... decía el hombre al lado.

-*"Epinefrina lista"*, decía la mujer.

-*"Procedan a intubar"*, dijo una voz de la que desconocía la procedencia.

Cayó en un sueño profundo pero placentero.

Poco tiempo después algo que confundía su mente sucedió...

Estaba suspendida encima de su cuerpo, como si levitara su espíritu mismo para verse desde arriba, acostada en esa camilla, con una herida profunda y sangrante en su cuello y otra en su pecho.

Un hombre con bata blanca a su lado cumplía el protocolo de resucitación cardiopulmonar que ella misma había aprendido en la escuela de enfermería.

La enfermera, al otro lado estaba activamente inyectando en sus venas todo tipo de medicamentos para resucitación... un tubo era insertado en su cuello para instalar una vía para hacerla respirar sin usar el paso por su boca llena de sangre que no paraba de salir.

-*"¡Tres... dos... uno... apártense!!!!"*, decía gritando otro hombre con planchas en sus manos pegadas al pecho de su cuerpo que yacía en esa camilla.

Vio, desde arriba, su propio cuerpo elevarse varios centímetros después de un choque eléctrico de 200 julios en su pecho en ese preciso momento. Lorena no sentía dolor... no sentía nada.

Parecía estar fuera de su propio cuerpo...

Justo en ese momento logró sentir, en el quirófano del hospital al que todavía no había llegado la voz de un hombre que decía...

-*"Fue apuñaleado por su propio padre... no creo que se salve... ha sangrado mucho"*.

Lorena abandonó aquella ambulancia... su espíritu lo hizo.

A través del techo de ese quirófano en el segundo piso del hospital, como atravesando paredes, penetró sin que nadie notara su presencia.

Al darse cuenta de lo que sucedía en su interior, no pudo contenerse, su corazón de madre se desgarraba con el dolor que no le producían sus propias heridas...

-*"Es mi hijo doctor, sus manos deben salvarlo... se lo ruego"*, gritaba Lorena sin que nadie pareciera escucharla.

Con mano firme, el cirujano abría una incisión profunda en el abdomen de ese muchacho que se debatía entre la vida y la muerte en ese quirófano frio.

Lorena sentía cada cortada de ese bisturí con un dolor que parecía el suyo.

Una gran cantidad de sangre brotaba por ese abdomen abierto, se dejaban asomar algunas vísceras que sangraban activamente.

Por la boca de Raúl Jr. entraba un tubo de ventilación mecánica estrictamente vigilado por el anestesiólogo quien de forma cadencial vaciaba la bolsa de reserva de oxígeno hacia los pulmones que se inflaban al unísono.

El monitor conectado con el pecho de Raúl Jr. sonaba con un inclemente "Beep", que se convertía en la tortura de Lorena.

Casi que forzaba ese pequeño corazón para que latiera anticipadamente.... Como asegurándose...

Que no dejara de latir...

Una sonda fue introducida a través de su pequeña nariz que fue impulsada hasta su estómago y mucha sangre era succionada a través de ese tubo.

El monitor de signos vitales mostraba la actividad de su joven corazón, que trataba de mantener perfundido a su cuerpo herido de muerte...

Luchando por sobrevivir.

Súbitamente la voz de su hijo se oía a su espalda...

-"Mammmáaaaa", mamáaaaa, me duele... ayúdame", decía su voz con
angustia y dolor.

Ella no lograba verlo, pero oía su voz claramente, era una voz que
podía oír desde el espíritu, que nadie más parecía oír porque no estaban en un nivel humano, estaban los dos en un espectro espiritual
más allá de sus cuerpos, más allá de sus dolores, más allá de lo visible.

Sus dolores se unían en uno, así como inició su existencia... juntos...

Unidos por el poder indisoluble de un cordón umbilical.

*-"Hijo, tu madre está contigo, no temas, no me iré de acá hasta que tu dolor
se convierta en alegría, hasta que tu espíritu logre entender y perdonar",*
pensaba

Rápidamente sin dejar tiempo para entender, su espíritu se trasladó,
sin apartarse de la sala de cirugía a ese balcón...

Como si su espíritu, ahora desprendido de su cuerpo lograra la omnipresencia.

En ese momento aparecía ante sus ojos, ahora más claramente, que minutos atrás en que realmente ocurrieron los hechos, como Raúl, con sus manos llenas de sangre se lanzaba al vacío por ese balcón, pero esta vez, además lograba percibir el tormento de su corazón, de su mente.

Se dio cuenta que era un hombre enfermo, no de su cuerpo, pero de su pensamiento. Que era cierto que él no podría vivir sin ella, pero más que por amor... por dependencia emocional.

La necesitaba para saciar su vacío, su carencia... su mente enferma.

Lentamente veía, desde arriba, como él caía al vació sin freno, y, como si tratara de decirle algo, en su caída, la miraba fijamente, pero sus ojos ya no reflejaban la mirada inquisitiva del abusador...

Era la mirada de quien pide perdón... de quien se arrepiente, pero...

Demasiado tarde...

Lorena no lograba más que ver como Raúl caía desde ese balcón.

Sentía la impotencia de no poder ayudarlo, de no poder detener ese cuerpo lleno de culpa en su camino al destino que había escogido... con sus ojos mirándola...

Implorando su perdón.

El sonido estruendoso de su caída en ese pavimento húmedo por la lluvia fue seguido por el grito de personas alrededor que se horrorizaban por lo que veían.

Lorena no sabía si sentía alivio, si sentía tristeza o si simplemente, su espíritu estaba tan afectado como el de ese hombre que se lanzó al vació lleno de remordimientos.

-"Te perdono Raúl, desde mi corazón herido por tus manos... que Dios también te perdone...", pensó Lorena.

-"Lo estamos recuperando", oyó de la voz del anestesiólogo que resucitaba a su hijo mientras el cirujano intentaba estabilizar las heridas en esa fría sala quirúrgica.

Su espíritu volvió a centrarse en la sala, con su hijo, que esta vez ya no estaba a su lado, su alma estaba dentro de ese cuerpo que ya daba señales de recuperación... ya no podía sentir su angustia, había cesado.

Lorena comprendió que su hijo había sobrevivido, que las manos de esos médicos lo habían salvado y que el espíritu de Raúl Jr. volvió a ser parte de su cuerpo. Lo entendió con una alegría que sobrepasaba su entendimiento.

-"*¡Gracias doctores!!!*", gritaba ella con todas sus fuerzas.

Pero nadie parecía oírla, aunque por un segundo Aurora, la enfermera asistente de cirugía giró su cabeza justo hacia ella, su mirada se clavó en ella, como si la estuviera percibiendo en ese cuarto de cirugía...

-"*Parece que hay filtraciones en el techo doctor... hay que llamar a mantenimiento*", dijo Aurora.

Lorena sintió que era momento de volver a su propio cuerpo... debía vivir para sus hijos.

Así lo hizo... -

-"*Mamá, mamá*", oía la voz de Daniel justo al lado de ella.

Abrió los ojos para verlo, ahora todo un joven, buenmozo... la miraba con ojos de orgullo.

-"*Te quedaste dormida vestida... ponte la pijama para que duermas bien... la graduación fue espectacular, estoy orgulloso de ti, eres mi campeona...debes descansar mamá*", decía Daniel mientras le extendía la pijama con su mano.

Ella se sintió aliviada de entender que era un sueño, tal vez una pesadilla de lo vivido aquel día, un día como nunca

Que ya había terminado

El mismo día de los hechos.
Febrero 24,2004

A pesar de no haber tenido mayor actividad física, Lorena se sentía exhausta, con desasosiego, en parte culpaba de ese sentimiento al haber leído el horóscopo en el periódico de ese día, como nunca lo había hecho antes...

-*"¿Por qué leí ese horóscopo, si yo nunca lo hago?"*, pensó en silencio, como mirando lejos.

Después de unos segundos con su mente en blanco...

-*"Hoy será un día que le traerá sorpresas, probablemente no muy agradables"*, recordó lo leído en ese horóscopo.

Había un ambiente de temor... no, no de temor... de terror.

Terror por el anuncio de visita de Raúl después de dos meses de no estar presente.

Lorena caminaba de un lado a otro en ese apartamento tratando de calmar la angustia que sentía su espíritu. Pasaba por el cuarto de los niños para constatar que se encontraran bien.

Ellos podían sentir la intranquilidad de su madre, miraban la puerta cada vez que sentían su caminar.

Ella pensó en algún momento salir corriendo con sus hijos, donde él no pudiera encontrarlos... Pero no había un lugar donde no pudiera ser encontrada por Raúl, ella lo sabía.

Lo sabía bien.

De hecho, durante esos dos meses ella siempre tuvo la sensación de haber sido seguida por él...

"Observada".

Sentía tranquilidad de la certeza de haber sido siempre una mujer fiel a pesar de todo lo sucedido, a pesar del desamor al que fue empujada, más por ella misma y sus hijos que por él.

Por un instante se dedicó a revisar cada una de sus actividades durante ese tiempo de ausencia de Raúl...

-*"El colegio de los niños... la casa de mi amiga Vanessa... la heladería con su amiga... el gimnasio...".*

Hizo una pausa abriendo los ojos como con susto de ser escuchada...

"El gimnasio", pensó nuevamente.

Quedó en silencio por unos segundos.

-*"¡Mierda... el detective Rubbens!"*, pensó con terror, *"me habló en el parqueo del supermercado donde cualquiera pudo verme... pero no hice nada... Raúl pudo verme...".*

Aumentó su intranquilidad solo de pensarlo, en realidad sentía que no había hecho nada malo, pero cuando imaginaba lo que Raúl pensaría de verla hablando con alguien que no fuera el...

Se apresuró a buscar en su cartera la tarjeta que le había entregado ese día, por alguna razón sentía que ese hombre podía ayudarle... protegerla.

-"¿Protegerme de qué...?", pensó, "Raúl es un poco violento, pero no como para buscar guarda espalda", siguió con una sonrisa de temor en su boca.

Rápidamente rompió en trozos pequeños esa tarjeta, fue a la cocina y tiró los restos en la basura al lado de la nevera como tratando de borrar cualquier evidencia de una conversación con hombre alguno.

Eran las ocho de la noche cuando anunciaron desde la portería...

-*"El señor Raúl va subiendo por el ascensor".*

Desde ese momento tomó siete minutos al ascensor para llegar al piso 14.

Lorena imaginaba en su mente como pasaba ese ascensor por cada piso, entre más percibía que se acercaba, su piel se tornaba más sudorosa, pálida. Sus manos temblaban con un tremor fino que no lograba controlar.

Después de dos meses de no esperar su llegada, de no sentir el temor de ser golpeada, en ese momento casi podía sentir el olor a perfumes baratos, cigarrillo y alcohol, ... esa sensación volvía intrusa a su cerebro.

-*"Sorpresas... probablemente no muy agradables"*, pensó nuevamente... *"¿será eso?"*.

-*"¿Por qué alguien tendría que vivir esta sensación de miedo?... ¿por qué yo?"*, seguía pensando.

El sonido de la puerta del ascensor abriéndose en el piso 14 la hizo sentir una debilidad en sus piernas que la inmovilizaba. Cada segundo que pasaba aceleraba su corazón...

Como si presintiera...

Parecían sentirse los pasos en ese corredor, o simplemente ella percibía cada paso que se acercaba a su puerta.

Por varios minutos, se debatía entre esperarlo en el cuarto, donde privadamente podrían discutir, o en la sala, donde evitaría estar sola y contar, al menos con Emilia como testigo de lo que sucedía.

Le angustiaba saber que sus hijos sentían lo mismo que ella, porque ya antes habían sentido la nube negra que cubría sus cielos con cada llegada de su padre antes de los últimos dos meses.

Pero por alguna razón, su temor era mayor esta vez...

Como si presintiera... ¿qué?...

Parecían interminables los pasos de Raúl en el corredor acercándose; ella se paró a tres metros de la puerta de entrada, sudorosa, con sus manos y sus piernas temblando.

Lograba ver la sombra de los pies de Raúl debajo de esa puerta parado, pero sin tocarla, sin timbrar, como si esperara...

-"Como si alistara su pistola antes de entrar", pensó.

Corrió al cuarto de sus hijos

-*"Daniel... Raúl, el juego que vamos a hacer hoy es esconderse de tu padre debajo de la cama y no salir por nada".*

-*"¿Por qué mamá?"*, preguntó Raúl Jr. con curiosidad, pero también con temor.

-*"El que pregunte pierde el juego"*, respondió ella apresurada.

Los niños miraban con extrañeza a su madre, no era usual lo que hacía, pero finalmente se metieron debajo de la cama... en silencio.

Presentían algo.

Lorena volvió a la sala, se sentó de espalda a la puerta de entrada, como si no esperara a nadie... no podía evitar sentirse nerviosa.

El timbre de la puerta de entrada sonó dos veces antes de que Emilia saliera presurosa de la cocina a abrirla.

Ella tampoco podía evitar la sensación de temor que esa situación le causaba. Sabía de lo que Raúl era capaz...

Y le asustaba pensarlo.

Antes de abrirla, hizo un alto junto a la puerta y se persignó dirigiendo los ojos hacia arriba. Percibía un ligero tremor en sus manos.

Al abrir la puerta, Raúl entró sin saludar a Emilia, era como si no la hubiera visto...

-"*¿Dónde está Lorena?*", preguntó mientras terminaba de abrir la puerta

-"*Está e...*", fue interrumpida por Raúl levantando su mano.

Raúl parecía escanear el lugar con una mirada extraña, con la esclera de sus ojos un poco enrojecida, como con rencor, con odio.

Durante varios segundos, que para Lorena se sintieron horas, él se mantuvo parado, con respiración rápida y pesada; sus dientes rechinaban.

Ella solo oía cada movimiento, cada respiración.

Al ubicar a Lorena en el sofá de la sala, fue directo hacia ella, lentamente, sin quitarle los ojos de encima.

Se paró justo detrás de ella, en silencio, respiraba algo rápido, como agitado.

Ella sentía que la observaba, le temía, pero no quería moverse, necesitaba saber el próximo movimiento de Raúl...

No sabía qué hacer en ese momento.

-"*¿Dónde están los niños?*", preguntó él con cierta voz autoritaria.

A pesar de estar acostumbrada a ese tono de voz, esta vez sentía algo de inseguridad, algo que no lograba definir...

Algo diferente.

Pensó muy bien antes de responder esa pregunta, definitivamente no quería que él los viera... su instinto de madre le decía algo... pero no podía definir qué era ese... algo.

Lorena giró noventa grados su cuerpo para mirarlo

-*"Están durmiendo ya..."*, respondió con temor.

Él no hizo ningún comentario, estaba muy silencioso, lo que no era usual.

Súbitamente, dio la vuelta y se dirigió al que era su propio cuarto, caminando lentamente, sin prisa.

Al girar, su camiseta tipo esqueleto dejó ver en su hombro derecho el tatuaje que llevaba desde su adolescencia.

No dejaba saber lo que haría; sin embargo, no traía consigo ninguna maleta, ropa o contenedor que anunciara que estaba de vuelta para quedarse.

Los niños se mantenían en absoluto silencio, parecían seguir la idea de su madre de evitar que su padre supiera que estaban despiertos...

asustados.

Mientras tanto Lorena miraba de reojo la entrada del cuarto y de vez en cuanto dirigía su mirada a la puerta del cuarto de sus hijos, en su mente silenciosa, rogaba que ellos se mantuvieran en silencio, que no llamaran la atención de su padre

-*"Ese tatuaje lo pintó Raúl Jr. en su dibujo que vi esta mañana"*, pensó con terror.

Después de varios minutos, él salió de ese cuarto con cierto afán, con cara de inconformismo.

Apenas saliendo de ese cuarto habló en tono impositivo...

-*"¡Lorena!!!, ¿dónde está mi pistola?"*, preguntó.

-*"¿Tú tenías una pistola?"*, preguntó inteligentemente ella.

Mientras, simulaba arreglarse las uñas, tratando de evitar verse interesada, le costaba mucho trabajo decir mentiras sin ser descubierta.

Él no musitó palabra alguna, parecía no estar interesado en aclarar el destino de esa pistola.

Esta vez se alejó de Lorena dirigiéndose a la cocina, pero ahora con un paso más acelerado... más firme.

Lorena se levantó del sofá y quedó de pie justo al lado de la puerta gigante de vidrio que daba acceso al balcón del apartamento.

Parada en ese lugar miraba a lo lejos, hacia el mar Caribe... lucía majestuoso.

Ese día las nubes habían estado cargadas de lluvia y de vez en cuando dejaban caer gotas que explicaban el piso del balcón mojado.

Para ese momento Emilia se había encerrado en su cuarto, situado en la cocina, aunque no dormía... mantenía su oído pegado a la puerta.

Ella había dejado la puerta de salida del apartamento abierta a propósito

Algunos movimientos de utensilios en la cocina parecían oírse sin que se lograra identificar lo que significaba.

Lorena no pudo anticipar que, de forma rápida y silenciosa, Raúl ya se encontraba a su espalda...

Cerca... demasiado cerca...

-*"¡Con que ahora estás muy liberadita!!!... ¿no?"*, le dijo agarrando rápidamente su pelo desde atrás.

-*"¿De qué habl...?"*, trató de decir.

Pero fue rápidamente interrumpida por la mano de Raúl que tapó su boca llevando con fortaleza y algo de violencia su cabeza hacia atrás.

Lo que siguió fue tan doloroso como confuso...

-"¡Noooooooooooo!!!".

Un alarido de Emilia precedió a la dolorosa cortada en su cuello desde atrás...

Raúl utilizó un cuchillo de la cocina pasándolo por el lado derecho del cuello extendido de Lorena, causando una cortada profunda. Mucha sangre brotó inmediatamente de forma fluida... no pulsátil.

Ella llevó sus manos intentando parar el cuchillo que ya se separaba de su cuello con clara intención de reposicionarse para ser enterrado en su pecho.

Lorena sentía como en cámara lenta que ese cuchillo, que ella trataba de parar, se dirigía a su pecho, y aunque ella usó toda su fuerza, no logró detener el trayecto de la punta filosa.

Mientras penetraba las capas superficiales de la piel, ella pensaba solo en algo...

-"Mis hijos"...

Aunque trataba de gritar, no lograba siquiera hacer sonidos; la sangre llenaba su boca también.

Sentía que se ahogaba, que las fuerzas se iban perdiendo sin que ella pudiera evitarlo...

Como si su vida se desvaneciera... como si se tuviera que despedir...

De repente... de la nada, su hijo Raúl Jr. con apenas once años, se abalanzó sobre su padre desviando levemente el trayecto de ese cuchillo que entraba en el tórax de su madre pasando sobre la costilla sin entrar directamente al compartimiento del corazón o los pulmones.

Raúl soltó a Lorena, que, ya debilitada por la pérdida de sangre, cayó al suelo respirando superficialmente rodeada por un charco de sangre.

Con una ira intensa, Raúl dio vuelta para quedar frente a su hijo, sus ojos parecían no identificar de quien se trataba, como si fuera un robot o...

Estuviera poseído...

Casi sin contemplación, Raúl enterró ese mismo cuchillo, ya lleno de la sangre de su madre, en el abdomen de su hijo.

Raúl Jr. cayó casi de inmediato al suelo, por su boca y nariz rápidamente salió un vómito abundante de sangre.

En ese momento Lorena, sin saber cómo, se levantó para agarrar el brazo de Raúl que sostenía el cuchillo que se preparaba para un segundo ataque a su propio hijo, evitando que sucediera.

Varias cosas que acontecieron en ese mismo momento cambiarían el destino de lo que pasaría...

Emilia ya había salido del apartamento pidiendo ayuda en otros apartamentos haciendo que los vecinos se asomaran a la puerta, uno de ellos portando un arma de fuego, todos gritaban al unísono para detener el ataque.

Daniel todo el tiempo permaneció debajo de la cama siguiendo las instrucciones de su madre...

Pero lo oyó todo... todo.

Por razones que nadie todavía podría definir, Raúl soltó el cuchillo, sin mediar una palabra, extendió sus manos ensangrentadas para abrir la puerta de vidrio que comunicaba al balcón... dio tres pasos ya en el balcón y luego...

Saltó al vacío... sin gritar, sin hablar, sin emitir siquiera un ruido

La caída de ese cuerpo sobre el techo de un carro, después de tropezar en varios balcones, produjo la sensación de un crujir seco y vacío...

El crujir de la muerte.

Lorena perdió el conocimiento, su hijo Raúl Jr. ya no respondía.

FIN

UN DÍA COMO NUNCA ~ { 171 }

ACERCA DEL AUTOR

Carlos Riveros es médico internista con licencia en Estados Unidos y Colombia. Recibió un reconocimiento por el congreso de Estados Unidos y más recientemente por el senado de la República de Colombia por su trabajo en favor de la comunidad hispana en la Florida, donde actualmente ejerce su profesión, y por su incansable labor durante la pandemia del virus COVID-19.

Encuentra en la escritura la forma de contar historias que describen al ser humano, con sus virtudes, pero también con sus defectos.

En sus libros refleja historias sencillas tanto de la realidad como de la fantasía, siempre adornadas por el orgullo que siente por su tierra.

EPILOGO

Este libro fue inspirado en hechos de la vida real, aunque los personajes y algunos hechos narrados son ficticios. El mensaje expresado en estas líneas intenta despertar la necesidad de cortar la cadena del abuso, que muchas veces empieza desde temprano en la vida del abusador. Padres, educadores y comunicadores tenemos la obligación de formar, educar y comunicarnos en contra de este comportamiento aberrante. Si este mensaje queda en la mente del lector después de la última línea...

Otros libros del autor

- **Morir No Era Una Opción**

En este libro cuento en primera persona la historia real de un secuestro ocurrido hace más de 30 años, Las vivencias durante varios meses, la forma como se negoció la liberación y las secuelas emocionales y familiares del secuestro. Los hechos se desarrollaron en las montañas del norte de Colombia y los relatos están llenos de los paisajes acogedores de la región, la cultura de sus habitantes y el folclor inconfundible de la tierra vallenata

- **Cerebro Por Cárcel**

El doctor Kaffman, descubre su habilidad para escuchar la mente de sus pacientes, hasta que se encuentra con una mente más poderosa que lo atrapa y doblega su capacidad, introduciéndolo en un mundo oscuro del que quisiera no haber entrado. La trama se complica cuando ese mundo se vuelve la realidad lúgubre que nunca debería se revelada.

- **Gisselle El Amor y El Tiempo**

Gisselle y Karl se enamoran en momentos diferentes de sus vidas; el camino que construyen se basa solo en el amor que sienten. Sin embargo, la diferencia en sus etapas de vida les pasa facturas que se vuelven difíciles de superar. Habla sobre el amor en edades diferentes, pero también sobre cómo el amor se arraiga sin avisar, sin pedir permiso, independiente de las situaciones, de lo correcto, de lo permitido. Cuestiona la naturaleza del sentimiento en sus más profundas raíces.

www.ingramcontent.com/pod-product-compliance
Lightning Source LLC
Chambersburg PA
CBHW060324310726
48976CB00007B/2442